最是那一低头的温柔

徐志摩◎著

北方联合出版传媒(集团)股份有限公司
万卷出版公司

图书在版编目（CIP）数据

最是那一低头的温柔 / 徐志摩著 . -- 沈阳 ： 万卷出版公司 , 2014.7（2022.1 重印）
ISBN 978-7-5470-2317-4

Ⅰ . ①最… Ⅱ . ①徐… Ⅲ . ①诗集 – 中国 – 现代②散文集 – 中国 – 现代 Ⅳ . ① I216.2

中国版本图书馆 CIP 数据核字（2014）第 040331 号

出 品 人：王维良
出版发行：北方联合出版传媒（集团）股份有限公司
万卷出版公司
（地址：沈阳市和平区十一纬路25号 邮编：110003）
印 刷 者：三河市三佳印刷装订有限公司
经 销 者：全国新华书店
幅面尺寸：145mm × 210mm
字 数：260千字
印 张：9.5
出版时间：2014年11月第1版
印刷时间：2022年1月第2次印刷
责任编辑：胡 利
责任校对：高 辉
封面设计：弘果文化传媒
版式设计：范 娇
ISBN 978-7-5470-2317-4
定 价：46.00元
联系电话：024-23284090
传 真：024-23284448

CONTENTS

目　录

散　文

SHIGE

诗　歌

这是一个懦怯的世界：
容不得恋爱，容不得恋爱！
披散你的满头发，
赤露你的一双脚；
跟着我来，我的恋爱，
抛弃这个世界
殉我们的恋爱！

再别康桥

轻轻的我走了，
正如我轻轻的来；
我轻轻的招手，
作别西天的云彩。

那河畔的金柳，
是夕阳中的新娘；
波光里的艳影，
在我的心头荡漾。

软泥上的青荇，
油油的在水底招摇；
在康河的柔波里，
我甘心做一条水草！

那榆荫下的一潭，
不是清泉，是天上虹，

揉碎在浮藻间，
沉淀着彩虹似的梦。

寻梦？撑一支长篙，
向青草更青处漫溯，
满载一船星辉，
在星辉斑斓里放歌。

但我不能放歌，
悄悄是别离的笙箫；
夏虫也为我沉默，
沉默是今晚的康桥！

悄悄的我走了，
正如我悄悄的来；
我挥一挥衣袖，
不带走一片云彩。

十一月六日

写于1928年11月6日，初载1928年12月10日《新月》月刊第1卷第10号，署名徐志摩。

我不知道风是在哪一个方向吹

我不知道风
是在哪一个方向吹——
我是在梦中，
在梦的轻波里依洄。

我不知道风
是在哪一个方向吹——
我是在梦中，
她的温存，我的迷醉。

我不知道风
是在哪一个方向吹——
我是在梦中，
甜美是梦里的光辉。

我不知道风
是在哪一个方向吹——

我是在梦中，
她的负心，我的伤悲。

我不知道风
是在哪一个方向吹——
我是在梦中，
在梦的悲哀里心碎！

我不知道风
是在哪一个方向吹——
我是在梦中，
黯淡是梦里的光辉。

对　月

〔英〕哈代原作，徐志摩翻译

“现在你是倦了老了的，不错，月，
但在你年青的时候，
你倒是看着了些个什么花头？”
“啊！我的眼福真不小，有的事儿甜，
有的庄严，也有叫人悲愁，
黑夜，白天，看不完那些寒心事件，
在我年青青的时候。”

“你是那么孤高那么远，真是的，月，
但在你年少的时光，
你倒是转着些个怎么样的感想？”
“啊！我的感想，哪样不叫我低着头
想，新鲜的变旧，少壮的亡，
民族的兴衰，人类的疯癫与荒谬，
哪样不动我的感想？”

“你是远离着我们这个世界，月，
但你在天空里转动，
有什么事儿打岔你自在的心胸？”
“啊，怎么没有，打岔的事儿当然有，
地面上异样的徵角商宫，
说是人道的音乐，在半空里飘浮，
打岔我自在的转动。”

“你倒是干脆发表一句总话，月，
你已然看透了这回事，
人生究竟是有还是没有意思？”
“啊，一句总话，把它比作一台戏，
尽做怎不叫人烦死，
上帝他早该喝一声‘幕闭’，
我早就看腻了这回事。”

两个月亮

我望见有两个月亮：
一般的样，不同的相。

一个这时正在天上，
披敞着雀毛的衣裳；
她不吝惜她的恩情，
满地全是她的金银。
她不忘故宫的琉璃，
三海间有她的清丽。
她跳出云头，跳上树，
又躲进新绿的藤萝。
她那样玲珑，那样美，
水底的鱼儿也得醉！
但她有一点子不好，
她老爱向瘦小里耗；
有时满天只见星点，
没了那迷人的圆脸，

虽则到时候照样回来，
但这份相思有些难挨！

还有那个你看不见，
虽则不提有多么艳！
她也有她醉涡的笑，
还有转动时的灵妙；
说慷慨她也从不让人，
可惜你望不到我的园林！
可贵是她无边的法力，
常把我灵波向高里提；
我最爱那银涛的汹涌，
浪花里有音乐的银钟；
就那些马尾似的白沫，
也比得珠宝经过雕琢。
一轮完美的明月，
又况是永不残缺！
只要我闭上这一双眼，
她就婷婷的升上了天！

四月二日月圆深夜

春的投生

昨晚上，
再前一晚也是的，
在雷雨的猖狂中
春
投生入残冬的尸体。
不觉得脚下的松软，
耳鬓间的温驯吗？
树枝上浮着青，
潭里的水漾成无限的缠绵；
再有你我肢体上
胸膛间的异样的跳动；

桃花早已开上你的脸，
我在更敏锐的消受
你的媚，吞咽
你的连珠的笑；
你不觉得我的手臂

更迫切的要求你的腰身，
我的呼吸投射到你的身上
如同万千的飞萤投向光焰？

这些，还有别的许多说不尽的，
和着鸟雀们的热情的回荡，
都在手携手的赞美着
春的投生。

二月二十八日

怨　得

怨得这相逢；
谁作的主？——风！

也就一半句话，
露水润了枯芽。
黑暗——放一箭光；
飞蛾：他受了伤。

偶然，真是的。
惆怅？喔何必！

伦敦旅次　九月

猛　虎

〔英〕布莱克原作，徐志摩翻译

猛虎，猛虎，火焰似的烧红
在深夜的莽丛，
何等神明的巨眼或是手
能擘画你的骇人的雄厚？

在何等遥远的海底还是天顶
烧着你眼火的纯晶？
跨什么翅膀他胆敢飞腾？
凭什么手敢擒住那威棱？

是何等肩腕，是何等神通，
能雕镂你的藏府的系境？
等到你的心开始了活跳，
何等震惊的手，何等震惊的脚？

椎的是什么锤？使的是什么练？
在什么洪炉里熬炼你的脑液？
什么砧座？什么骇异的拿把，
胆敢它的凶恶的惊怕擒抓？

当群星放射它们的金芒，
满天上泛滥着它们的泪光，
见到他的工程，他露不露笑容？
造你的不就是那造小羊的神工？

猛虎，猛虎，火焰似的烧红
在深夜的莽丛，
何等神明的巨眼或是手
胆敢擘画你的惊人的雄厚？

五月一日

阔的海

阔的海空的天我不需要，
我也不想放一只巨大的纸鹞
上天去捉弄四面八方的风；
我只要一分钟
我只要一点光
我只要一条缝，
像一个小孩爬伏
在一间暗屋的窗前
望着西天边不死的一条
缝，一点
光，一分
钟。

歌

〔英〕克·罗赛蒂原作，徐志摩翻译

我死了的时候，亲爱的，
别为我唱悲伤的歌；
我坟上不必安插蔷薇，
也无需浓荫的柏树；
让盖着我的青青的草
淋着雨，也沾着露珠；
假如你愿意，请记着我，
要是你甘心，忘了我。

我再不见地面的青荫，
觉不到雨露的甜蜜；
再听不见夜莺的歌喉，
在黑夜里倾吐悲啼，
在悠久的昏暮中迷惘，
阳光不升起，也不消翳；
我也许，也许我记得你，
我也许，我也许忘记。

活　该

活该你早不来!
热情已变死灰。

提什么已往？——
骷髅的磷光!

将来？——各走各的道
长庚管不着“黄昏晓”。

爱是痴，恨也是傻;
谁点得清恒河的沙?

不论你梦有多么圆，
周围是黑暗没有边。

比是消散了的诗意，
趁早掩埋你的旧忆。

这苦脸也不用装，
到头儿总是个忘！

得！我就再亲你一口：
热热的！去，再不许停留。

山　中

庭院是一片静，
听市谣围抱；
织成一地松影——
看当头月好！

不知今夜山中，
是何等光景：
想也有月，有松，
有更深的静。

我想攀附月色，
化一阵清风，
吹醒群松春醉，
去山中浮动；

吹下一针新碧，
掉在你窗前；
轻柔如同叹息——
不惊你安眠！

四月一日

泰　山

山！

你的阔大的巉岩，

像是绝海的惊涛，

忽的飞来，

凌空

不动，

在沉默的承受

日月与云霞拥戴的光豪：

更有万千星斗

错落

在你的胸怀，

向诉说

隐奥，

蕴藏在

岩石的核心与崔嵬的天外！

在不知名的道旁

什么无名的苦痛，悲悼的新鲜，
什么压迫，什么冤屈，什么烧烫
你体肤的伤，妇人，使你蒙着脸
在这昏夜，在这不知名的道旁，
任凭过往人停步，讶异的看你，
你只是不作声，黑绵绵的坐地？

还有蹲在你身旁悚动的一堆，
一双小黑眼闪荡着异样的光，
像暗云天偶露的星晞，她是谁？
疑惧在她脸上，可怜的小羔羊，
她怎知道人生的严重，夜的黑，
她怎能明白运命的无情，惨刻？

聚了，又散了，过往人们的讶异。
刹那的同情也许；但他们不能
为你停留，妇人，你与你的儿女；
伴着你的孤单，只昏夜的阴沉，
与黑暗里的萤光，飞来你身旁，
来照亮那小黑眼闪荡的星芒！

哈　代[1]

哈代，厌世的，不爱活的，
这回再不用怨言，
一个黑影蒙住他的眼？
去了，他再不露脸。

八十八年不容易过，
老头活该他的受，
扛着一肩思想的重负，
早晚都不得放手。

为什么放着甜的不尝，
暖和的座儿不坐，
偏挑那阴凄的调儿唱，
辣味儿辣得口破。

①全名托马斯·哈代（Thomas Hardy），英国作家。

他是天生那老骨头僵，
一对眼拖着看人，
他看着了谁谁就遭殃，
你不用跟他讲情！

他就爱把世界剖着瞧，
是玫瑰也给拆坏；
他没有那画眉的纤巧，
他有夜鸮的古怪！

古怪，他争的就只一点——
一点“灵魂的自由”，
也不是成心跟谁翻脸，
认真就得认个透。

他可不是没有他的爱——
他爱真诚，爱慈悲：
人生就说是一场梦幻，

也不能没有安慰。

这日子你怪得他惆怅，
怪得他话里有刺，
他说乐观是“死尸脸上
抹着粉，搽着胭脂！”

这不是完全放弃希冀，
宇宙还得往下延，
但如果前途还有生机，
思想先不能随便。

为维护这思想的尊严，
诗人他不敢怠惰，
高擎着理想，睁大着眼，
抉别人生的错误。

现在他去了再不说话。
（你听这四野的静），
你爱忘了他就忘了他
（天吊明哲的凋零）！

旧历元旦

车　眺

一

我不能不赞美
这向晚的五月天；
怀抱着云和树
那些玲珑的水田。

二

白云穿掠着晴空，
像仙岛上的白燕！
晚霞正照着它们，
白羽镶上了金边。

三

背着轻快的晚凉，
牛，放了工，呆着做梦；
孩童们在一边蹲，
想上牛背，美，逞英雄！

四

在绵密的树荫下，
有流水，有白石的桥，
桥洞下早来了黑夜，
流水里有星在闪耀。

五

绿是豆畦，阴是桑树林，
幽郁是溪水傍的草丛，
静是这黄昏时的田景，
但你听，草虫们的飞动！

六

月亮在昏黄里上妆，
太阳心慌的向天边跑；
他怕见她，他怕她见，
怕她见笑一脸的红糟！

俘虏颂

我说朋友，你见了没有，那俘虏：
拼了命也不知为谁，
提着杀人的凶器，
带着杀人的恶计，
趁天没有亮，堵着嘴，
望长江的浓雾里悄悄的飞渡；

趁太阳还在崇明岛外打盹，
满江心只是一片阴，
破着褴褛的江水，
不提防冤死的鬼，
爬在时间背上讨命，
挨着这一船船替死来的接吻；

他们摸着了岸就比到了天堂：
顾不得险，顾不得潮，
一耸身就落了地

（梦里的青蛙惊起，）
踹烂了六朝的青草，
燕子矶的嶙峋都变成了康庄！

干什么来了，这“大无畏”的精神？
算是好男子不怕死？——
为一个人的荒唐，
为几元钱的奖赏，
闯进了魔鬼的圈子，
供献了身体，在乌龙山下变粪？

看他们今儿个做俘虏的光荣！
身上脸上全挂着彩，
眉眼糊成了玫瑰，
口鼻裂成了山水，
脑袋顶着朵大牡丹，
在夫子庙前，在秦淮河边寻梦！

九月四日

我等候你

我等候你。
我望着户外的昏黄
如同望着将来，
我的心震盲了我的听。
你怎还不来？希望
在每一秒钟上允许开花。
我守候着你的步履，
你的笑语，你的脸，
你的柔软的发丝，
守候着你的一切，
希望在每一秒钟上
枯死——你在哪里？
我要你，要得我心里生痛，
我要你的火焰似的笑，
要你的灵活的腰身，
你的发上眼角的飞星；
我陷落在迷醉的氛围中，

像一座岛，
在蟒绿的海涛间，不自主的在浮沉……
喔，我迫切的想望
你的来临，想望
那一朵神奇的优昙
开上时间的顶尖！
你为什么不来，忍心的？
你明知道，我知道你知道，
你这不来于我是致命的一击，
打死我生命中乍放的阳春，
教坚实如矿里的铁的黑暗，
压迫我的思想与呼吸；
打死可怜的希冀的嫩芽，
把我，囚犯似的，交付给
妒与愁苦，生的羞惭
与绝望的惨酷。
这也许是痴。竟许是痴。
我信我确然是痴；
但我不能转拨一支已然定向的舵，
万方的风息都不容许我犹豫——
我不能回头，运命驱策着我！
我也知道这多半是走向
毁灭的路，但

为了你，为了你
我什么也都甘愿；
这不仅我的热情，
我的仅有的理性亦如此说。
痴！想磔碎一个生命的纤微
为要感动一个女人的心！
想博得的，能博得的，至多是
她的一滴泪，
她的一阵心酸，
竟许一半声漠然的冷笑；
但我也甘愿，即使
我粉身的消息传到
她的心里如同传给
一块顽石，她把我看作
一只地穴里的鼠，一条虫，
我还是甘愿！
痴到了真，是无条件的，
上帝他也无法调回一个
痴定了的心如同一个将军
有时调回已上死线的士兵。
枉然，一切都是枉然，
你的不来是不容否认的实在
虽则我心里烧着泼旺的火，

饥渴着你的一切，
你的发，你的笑，你的手脚；
任何的痴想与祈祷
不能缩短一小寸
你我间的距离！
户外的昏黄已然
凝聚成夜的乌黑，
树枝上挂着冰雪，
鸟雀们典去了它们的啁啾，
沉默是这一致穿孝的宇宙。
钟上的针不断的比着
玄妙的手势，像是指点，
像是同情，像是嘲讽，
每一次到点的打动，我听来是
我自己的心的
活埋的丧钟。

生　活

阴沉，黑暗，毒蛇似的蜿蜒，
生活逼成了一条甬道：
一度陷入，你只可向前，
手扪索着冷壁的粘潮，

在妖魔的脏腑内挣扎，
头顶不见一线的天光
这魂魄，在恐怖的压迫下，
除了消灭更有什么愿望？

秋　月

一样是月色，
今晚上的，因为我们都在抬头看——
看它，一轮腴满的妩媚，
从乌黑得如同暴徒一般的
云堆里升起——
看得格外的亮，分外的圆。
它展开在道路上，
它飘闪在水面上，
它沉浸在
水草盘结得如同忧愁般的
水底；
它睥睨在古城的雉堞上，
万千的城砖在它的清亮中
呼吸，
它抚摸着
错落在城厢外内的墓墟，
在宿鸟的断续的呼声里，

想见新旧的鬼，
也和我们似的相依偎的站着，
眼珠放着光，
咀嚼着彻骨的阴凉：
银色的缠绵的诗情
如同水面的星磷，
在露盈盈的空中飞舞。
听那四野的吟声——
永恒的卑微的谐和，
悲哀揉和着欢畅，
怨仇与恩爱，
晦冥交抱着火电，
在这幽绝的秋夜与秋野的
苍茫中，
“解化”的伟大
在一切纤微的深处
展开了
婴儿的微笑！

十月中

一个星期

〔英〕哈代原作，徐志摩翻译

星期一那晚上我关上了我的门，
心想你满不是我心里的人，
此后见不见面都不关要紧。

到了星期二那晚上我又想到
你的思想，你的心肠，你的面貌，
到底不比得平常，有点儿妙。

星期三那晚上我又想起了你，
想你我要合成一体总是不易，
就说机会又叫你我凑在一起。

星期四晚上我思想又换了样；
我还是喜欢你，我俩正不妨
亲近的住着，管它是短是长。

星期五那天我感到一阵心震，
当我望着你住的那个乡村，
说来你还是我亲爱的，我自认。

到了星期六你充满了我的思想，
整个的你在我的心里发亮，
女性的美哪样不在你的身上？

像是只顺风的海鸥向着海飞，
到星期日晚上我简直的发了迷，
还做什么人这辈子要没有你！

深　夜

深夜里，街角上，
梦一般的灯芒。

烟雾迷裹着树！
怪得人错走了路？

“你害苦了我——冤家！”
她哭，他——不答话。

晓风轻摇着树尖：
掉了，早秋的红艳。

伦敦旅次　九月

枉　然

你枉然用手锁着我的手，
女人，用口擒住我的口，
枉然用鲜血注入我的心，
火烫的泪珠见证你的真；

迟了！你再不能叫死的复活，
从灰土里唤起原来的神奇；
纵然上帝怜念你的过错，
他也不能拿爱再交给你！

给——

我记不得维也纳，
除了你，阿丽思；
我想不起佛兰克府，
除了你，桃乐斯；
尼司，佛洛伦司，巴黎，
也都没有意味，
要不是你们的艳丽，——
玖思，麦蒂特，腊妹，
翩翩的，盈盈的，
孜孜的，婷婷的，
照亮着我记忆的幽黑，
像冬夜的明星，
像暑夜的游萤，——
怎教我不倾颓！
怎教我不迷醉！

西　窗

一

这西窗
这不知趣的西窗放进
四月天时下午三点钟的阳光
一条条直的斜的羼躺在我的床上；

放进一团捣乱的风片
搂住了难免处女羞的花窗帘，
呵她痒，腰弯里，脖子上，
羞得她直飏在半空里，刮破了脸；

放进下面走道上洗被单
衬衣大小毛巾的胰子味，
厨房里饭焦鱼腥蒜苗是腐乳的沁芳南，
还有弄堂里的人声比狗叫更显得松脆。

二

当然不知趣也不止是这西窗，
但这西窗是够顽皮的，
它何尝不知道这是人们打中觉的好时光！
拿一件衣服，不，拿这条绣外国花的毛毯，
堵死了它，给闷死了它：
耶稣死了我们也好睡觉！

直着身子，不好，弯着来，
学一只卖弄风骚的大龙虾，
在清浅的水滩上引诱水波的荡意！
对呀，叫迷离的梦意像浪丝似的
爬上你的胡须，你的衣袖，你的呼吸……

你对着你脚上又新破了一个大窟窿的袜子发愣或是
忙着送玲巧的手指到神秘的胳肢窝搔痒——
可不是搔痒的时候
你的思想不见得会长上那拿把不住的大翅膀：

谢谢天，这是烟士披里纯来到的刹那间
因为有窟窿的破袜是绝对的理性，
胳肢窝里虱类的痒是不可怀疑的实在。

三

香炉里的烟，远山上的雾，人的贪嗔和心机：
经络里的风湿，话里的刺，笑脸上的毒，
谁说这宇宙这人生不够富丽的？
你看那市场上的盘算，比那矗着大烟筒
走大洋海的船的肚子里的机轮更来得复杂，
血管里疙瘩着几两几钱，几钱几两，
脑子里也不知哪来这许多尖嘴的耗子爷？

还有那些比柱石更重实的大人们，他们也有他们的盘算；
他们手指间夹着的雪茄虽则也冒着一卷卷成云彩的烟，
但更曲折，更奥妙，更像长虫的翻戏，
是他们心里的算计，怎样到意大利喀辣辣矿山里去

搬运一个大石座来站他一个
足够与灵龟比赛的年岁，
何况还有波斯兵的长枪，匈奴的暗箭……

再有从上帝的创造里单独创造出来曾向农商部呈请
创造专利的文学先生们，这是个奇迹的奇迹，
正如狐狸精对着月光吞吐她的命珠，
他们也是在月光勾引潮汐时学得他们的职业秘密。
青年的血，尤其是滚沸过的心血，是可口的：——
他们借用普罗列塔里亚的瓢匙在彼此请呀请的舀着
喝。
他们将来铜像的地位一定望得见朱温张献忠的。

绣着大红花的俄罗斯毛毯方才拿来蒙住西窗的也不
知怎的滑溜了下来，不容做梦人继续他的冒险，
但这些滑腻的梦意钻软了我的心
像春雨的细脚踹软了道上的春泥。
西窗还是不挡着的好，虽则弄堂里的人声
有时比狗叫更显得松脆。
这是谁说的："拿手擦擦你的嘴，
这人间世在洪荒中不住的转，
像老妇人在空地里捡可以当柴烧的材料？"

杜　鹃

杜鹃，多情的鸟，他终宵唱：
在夏荫深处，仰望着流云
飞蛾似围绕月亮的明灯，
星光疏散如海滨的渔火，
甜美的夜在露湛里休憩，
他唱，他唱一声“割麦插禾”——
农夫们在天放晓时惊起。

多情的鹃鸟，他终宵声诉，
是怨，是慕，他心头满是爱，
满是苦，化成缠绵的新歌，
柔情在静夜的怀中颤动；
他唱，口滴着鲜血，斑斑的，
染红露盈盈的草尖，晨光
轻摇着园林的迷梦；他叫，
他叫，他叫一声“我爱哥哥！”

卑　微

卑微，卑微，卑微；
风在吹
无抵抗的残苇：

枯槁它的形容，
心已空，
音调如何吹弄？

它在向风祈祷：
“忍心好，
将我一拳推倒。

“也是一宗解化——
本无家，
任漂泊到天涯！”

季　候

一

他俩初起的日子，
像春风吹着春花。
花对风说："我要，"
风不回话：他给！

二

但春花早变了泥，
春风也不知去向。
她怨，说天时太冷；
"不久就冻冰。"他说。

车　上

这一车上有各等的年岁，各色的人：
有出须的，有奶孩，有青年，有商，有兵；
也各有各的姿态：傍着的，躺着的，
张眼的，闭眼的，向窗外黑暗望着的。

车轮在铁轨上碾出重复的繁响，
天上没有星点，一路不见一些灯亮；
只有车灯的幽辉照出旅客们的脸，
他们老的少的，一致声诉旅程的疲倦。

这时候忽然从最幽暗的一角发出
歌声：像是山泉，像是晓鸟，蜜甜，清越，
又像是荒漠里点起了通天的明燎，
它那正直的金焰投射到遥远的山坳。

她是一个小孩，欢欣摇开了她的歌喉；
在这冥盲的旅程上，在这昏黄时候，
像是奔发的山泉，像是狂欢的晓鸟，
她唱，直唱得一车上满是音乐的幽妙。

旅客们一个又一个的表示着惊异，
渐渐每一个脸上来了有光辉的惊喜：
买卖的，军差的，老辈，少年，都是一样，
那吃奶的婴儿，也把他的小眼开张。

她唱，直唱得旅途上到处点上光亮，
层云里翻出玲珑的月和斗大的星，
花朵，灯彩似的，在枝头竞赛着新样，
那细弱的草根也在摇曳轻快的青萤！

一块晦色的路碑

脚步轻些，过路人！
休惊动那最可爱的灵魂，
如今安眠在这地下，
有绛色的野草花掩护她的余烬。

你且站定，在这无名的土阜边，
任晚风吹弄你的衣襟，
倘如这片刻的静定感动了你的悲悯，
让你的泪珠圆圆的滴下——
为这长眠着的美丽的灵魂！

过路人，假若你也曾
在这人间不平的道上颠顿，
让你此时的感愤凝成最锋利的悲悯，
在你的激震着的心叶上，
刺出一滴，两滴的鲜血——
为这遭冤屈的最纯洁的灵魂！

诔　词

〔英〕安诺德原作，徐志摩翻译

散上玫瑰花，散上玫瑰花，
休掺杂一小枝的水松！
在寂静中她寂静的解化；
啊！但愿我亦永终。

她是个希有的欢欣，人间
曾经她喜笑的洗净，
但倦了是她的心，倦了，可怜
这回她安眠了，不再苏醒。

在火热与扰攘的迷阵中
旋转，旋转着她的一生；
但和平是她灵魂的想望，——
和平是她的了，如今。

局促在人间，她博大的神魂，
何曾享受呼吸的自由；
今夜，在这静夜，她独自的攀登
那死的插天的高楼。

康桥再会吧

康桥，再会吧；
我心头盛满了别离的情绪，
你是我难得的知己，我当年
辞别家乡父母，登太平洋去，
（算来一秋二秋，已过了四度
春秋，浪迹在海外，美土欧洲）
扶桑风色，檀香山芭蕉况味，
平波大海，开拓我心胸神意，
如今都变了梦里的山河，
渺茫明灭，在我灵府的底里；
我母亲临别的泪痕，她弱手
向波轮远去送爱儿的巾色，
海风咸味，海鸟依恋的雅意，
尽是我记忆的珍藏，我每次
摩按，总不免心酸泪落，便想
理箧归家，重向母怀中匐伏，
回复我天伦挚爱的幸福；

我每想人生多少跋涉劳苦，
多少牺牲，都只是枉费无补，
我四载奔波，称名求学，毕竟
在知识道上，采得几茎花草，
在真理山中，爬上几个峰腰，
钧天妙乐，曾否闻得，彩红色，
可仍记得？——但我如何能回答？
我但自喜楼高车快的文明，
不曾将我的心灵污抹，今日
我对此古风古色，桥影藻密，
依然能坦胸相见，惺惺惜别。

康桥，再会吧！
你我相知虽迟，然这一年中
我心灵革命的怒潮，尽冲泻
在你妩媚河身的两岸，此后
清风明月夜，当照见我情热
狂溢的旧痕，尚留草底桥边，
明年燕子归来，当记我幽叹
音节，歌吟声息，缦烂的云纹

霞彩，应反映我的思想情感，
此日撒向天空的恋意诗心，
赞颂穆静腾辉的晚景，清晨
富丽的温柔；听！那和缓的钟声
解释了新秋凉绪，旅人别意，
我精魂腾跃，满想化入音波，
震天彻地，弥盖我爱的康桥，
如慈母之于睡儿，缓抱软吻；
康桥！汝永为我精神依恋之乡！
此去身虽万里，梦魂必常绕
汝左右，任地中海疾风东指，
我亦必纡道西回，瞻望颜色；
归家后我母若问海外交好，
我必首数康桥，在温清冬夜
蜡梅前，再细辨此日相与况味；
设如我星明有福，素愿竟酬，
则来春花香时节，当复西航，
重来此地，再捡起诗针诗线，
绣我理想生命的鲜花，实现
年来梦境缠绵的销魂足迹，
散香柔韵节，增媚河上风流；
故我别意虽深，我愿望亦密，
昨宵明月照林，我已向倾吐

心胸的蕴积，今晨雨色凄清，
小鸟无欢，难道也为是怅别
情深，累藤长草茂，涕泪交零！

康桥！山中有黄金，天上有明星，
人生至宝是情爱交感，即使
山中金尽，天上星散，同情还
永远是宇宙间不尽的黄金，
不昧的明星；赖你和悦宁静
的环境，和圣洁欢乐的光阴，
我心我智，方始经爬梳洗涤，
灵苗随春草怒生，沐日月光辉，
听自然音乐，哺啜古今不朽
——强半汝亲栽育——的文艺精英；
恍登万丈高峰，猛回头惊见
真善美浩瀚的光华，覆翼在
人道蠕动的下界，朗然照出
生命的经纬脉络，血赤金黄，
尽是爱主恋神的辛勤手绩；
康桥！你岂非是我生命的泉源？
你惠我珍品，数不胜数；最难忘
骞士德顿桥下的星磷坝乐，
弹舞殷勤，我常夜半凭阑干，

倾听牧地黑野中倦牛夜嚼，
水草间鱼跃虫嗤，轻挑静寞；
难忘春阳晚照，泼翻一海纯金，
淹没了寺塔钟楼，长垣短堞，
千百家屋顶烟突，白水青田，
难忘茂林中老树纵横；巨干上
黛薄茶青，却教斜刺的朝霞，
抹上些微胭脂春意，忸怩神色；
难忘七月的黄昏，远树凝寂，
像墨泼的山形，衬出轻柔螟色，
密稠稠，七分鹅黄，三分橘绿，
那妙意只可去秋梦边缘捕捉；
难忘榆荫中深宵清啭的诗禽，
一腔情热，教玫瑰噙泪点首，
满天星环舞幽吟，款住远近
浪漫的梦魂，深深迷恋香境；
难忘村里姑娘的腮红颈白；
难忘屏绣康河的垂柳婆娑，
娜娜的克莱亚，硕美的校友居；
——但我如何能尽数，总之此地
人天妙合，虽微如寸芥残垣，
亦不乏纯美精神：流贯其间，
而此精神，正如宛次宛士所谓

“通我血液，浃我心脏，”有“镇驯
矫饬之功”；我此去虽归乡土，
而临行怫怫，转若离家赴远；
康桥！我故里闻此，能弗怨汝
僭爱，然我自有说言代汝答付；
我今去了，记好明春新杨梅
上市时节，盼望我含笑归来，
再见吧，我爱的康桥。

最后的那一天

在春风不再回来的那一年，
在枯枝不再青条的那一天，
那时间天空再没有光照，
只黑蒙蒙的妖氛弥漫着
太阳，月亮，星光死去了的空间；

在一切标准推翻的那一天，
在一切价值重估的那时间，
暴露在最后审判的威灵中
一切的虚伪与虚荣与虚空：
赤裸裸的灵魂们匍匐在主的跟前；

我爱，那时间你我再不必张皇，
更不须声诉，辨冤，再不必隐藏，
你我的心，像一朵雪白的并蒂莲，
在爱的青梗上秀挺，欢欣，鲜妍，
在主的跟前，爱是唯一的荣光。

火车擒住轨

火车擒住轨，在黑夜里奔：
过山，过水，过陈死人的坟；

过桥，听钢骨牛喘似的叫，
过荒野，过门户破烂的庙；

过池塘，群蛙在黑水里打鼓，
过噤口的村庄，不见一粒火；

过冰清的小站，上下没有客，
月台袒露着肚子，像是罪恶。

这时车的呻吟惊醒了天上
三两个星，躲在云缝里张望；

那是干什么的，他们在疑问，
大凉夜不歇着，直闹又是哼，

长虫似的一条，呼吸是火焰，
一死儿往暗里闯，不顾危险，

就凭那精窄的两道，算是轨，
驮着这份重，梦一般的累赘。

累赘！那些奇异的善良的人，
放平了心安睡，把他们不论；

俊的村的命全盘交给了它，
不问爬的是高山还是低洼，

不问深林里有怪鸟在诅咒，
天象的辉煌全对着毁灭走；

只图眼前过得，咧大嘴打呼，
明儿车一到，抢了皮包走路！

这态度也不错！愁没有个底；
你我在天空，哪天也不休息，

睁大了眼，什么事都看分明，
但自己又何尝能支使运命？

说什么光明，智慧永恒的美，
彼此同是在一条线上受罪，

就差你我的寿数比他们强，
这玩艺反正是一片糊涂账。

爱的灵感（奉适之）

下面这些诗行好歹是他撩拨出来的，正如这十年来大多数的诗行好歹是他撩拨出来的！

不妨事了，你先坐着吧，
这阵子可不轻，我当是
已经完了，已经整个的
脱离了这世界，飘渺的，
不知到了哪儿。仿佛有
一朵莲花似的云拥着我，
（她脸上浮着莲花似的笑）
拥着到远极了的地方去……
唉，我真不希罕再回来，
人说解脱，那许就是吧！
我就像是一朵云，一朵
纯白的，纯白的云，一点
不见分量，阳光抱着我，

我就是光，轻灵的一球，
往远处飞，往更远的飞；
什么累赘，一切的烦愁，
恩情，痛苦，怨，全都远了，
就是你——请你给我口水，
是橙子吧，上口甜着哪——
就是你，你是我的谁呀！
就你也不知哪里去了：
就有也不过是晓光里
一发的青山，一缕游丝，
一翳微妙的晕；说至多
也不过如此，你再要多
我那朵云也不能承载，
你，你得原谅，我的冤家！……
不碍，我不累，你让我说，
我只要你睁着眼，就这样，
叫哀怜与同情，不说爱，
在你的泪水里开着花，
我陶醉着它们的幽香；
在你我这最后，怕是吧，

一次的会面，许我放娇，
容许我完全占定了你，
就这一晌，让你的热情，
像阳光照着一流幽涧，
透澈我的凄冷的意识，
你手把住我的，正这样，
你看你的壮健，我的衰，
容许我感受你的温暖，
感受你在我血液里流，
鼓动我将次停歇的心，
留下一个不死的印痕：
这是我唯一，唯一的祈求……
好，我再喝一口，美极了，
多谢你。现在你听我说。
但我说什么呢，到今天，
一切事都已到了尽头，
我只等待死，等待黑暗，
我还能见到你，偎着你，
真像情人似的说着话，
因为我够不上说那个，

你的温柔春风似的围绕，
这于我是意外的幸福，
我只有感谢，（她合上眼。）
什么话都是多余，因为
话只能说明能说明的，
更深的意义，更大的真，
朋友，你只能在我的眼里，
在枯干的泪伤的眼里认取。
我是个平常的人，
我不能盼望在人海里
值得你一转眼的注意。
你是天风：每一个浪花
一定得感到你的力量，
从它的心里激出变化，
每一根小草也一定得
在你的踪迹下低头，在
缘的颤动中表示惊异；
但谁能止限风的前程，
他横掠过海，作一声吼，
狮虎似的扫荡着田野，

当前是冥茫的无穷，他
如何能想起曾经呼吸
到浪的一花，草的一瓣？
遥远是你我间的距离；
远，太远！假如一只夜蝶
有一天得能飞出天外，
在星的烈焰里去变灰
（我常自己想）那我也许
有希望接近你的时间。
唉，痴心，女子是有痴心的，
你不能不信吧？有时候
我自己也觉得真奇怪，
心窝里的牢结是谁给
打上的？为什么打不开？
那一天我初次望到你，
你闪亮得如同一颗星，
我只是人丛中的一点，
一撮沙土，但一望到你，
我就感到异样的震动，
猛袭到我生命的全部，

真像是风中的一朵花，
我内心摇晃得像昏晕，
脸上感到一阵的火烧，
我觉得幸福，一道神异的
光亮在我的眼前扫过，
我又觉得悲哀，我想哭，
纷乱占据了我的灵府。
但我当时一点不明白，
不知这就是陷入了爱！
“陷入了爱”，真是的！前缘，
孽债，不知到底是什么？
但从此我再没有平安，
是中了毒，是受了催眠，
叫运命的铁链给锁住，
我再不能踌躇：我爱你！
从此起，我的一瓣瓣的
思想都染着你，在醒时，
在梦里，想躲也躲不去，
我抬头望，蓝天里有你，
我开口唱，悠扬里有你，

我要遗忘，我向远处跑，
另走一道，又碰到了你！
枉然是理智的殷勤，因为
我不是盲目，我只是痴。
但我爱你，我不是自私。
爱你，但永不能接近你。
爱你，但从不要享受你。
即使你来到我的身边，
我许向你望，但你不能
丝毫觉察到我的秘密。
我不妒忌，不艳羡，因为
我知道你永远是我的，
它不能脱离我正如我
不能躲避你，别人的爱
我不知道，也无须知晓，
我的是我自己的造作，
正如那林叶在无形中
收取早晚的霞光，我也
在无形中收取了你的。
我可以，我是准备，到死

不露一句，因为我不必。
死，我是早已望见了的。
那天爱的结打上我的
心头，我就望见死，那个
美丽的永恒的世界；死，
我甘愿的投向，因为它
是光明与自由的诞生。
从此我轻视我的躯体，
更不计较今世的浮荣，
我只企望着更绵延的
时间来收容我的呼吸，
灿烂的星做我的眼睛，
我的发丝，那般的晶莹，
是纷披在天外的云霞，
博大的风在我的腋下
胸前眉宇间盘旋，波涛
冲洗我的胫踝，每一个
激荡涌出光艳的神明！
再有电火做我的思想
天边掣起蛇龙的交舞，

雷震我的声音，蓦地里
叫醒了春，叫醒了生命。
无可思量，呵，无可比况，
这爱的灵感，爱的力量！
正如旭日的威棱扫荡
田野的迷雾，爱的来临
也不容平凡，卑琐以及
一切的庸俗侵占心灵，
它那原来青爽的平阳。
我不说死吗？更不畏惧，
再没有疑虑，再不吝惜
这躯体如同一个财虏；
我勇猛的用我的时光。
用我的时光，我说？天哪，
这多少年是亏我过的！
没有朋友，离背了家乡，
我投到那寂寞的荒城，
在老农中间学做老农，
穿着大布，脚登着草鞋，
栽青的桑，栽白的木棉，

在天不曾放亮时起身，
手搅着泥，头戴着炎阳，
我做工，满身浸透了汗，
一颗热心抵挡着劳倦；
但渐次的我感到趣味，
收拾一把草如同珍宝，
在泥水里照见我的脸，
涂着泥，在坦白的云影
前不露一些羞愧！自然
是我的享受；我爱秋林，
我爱晚风的吹动，我爱
枯苇在晚凉中的颤动，
半残的红叶飘摇到地，
鸦影侵入斜日的光圈；
更可爱是远寺的钟声
交换村舍的炊烟共做
静穆的黄昏！我做完工，
我慢步的归去，冥茫中
有飞虫在交哄，在天上
有星，我心中亦有光明！

到晚上我点上一支蜡，
在红焰的摇曳中照出
板壁上唯一的画像，
独立在旷野里的耶稣，
（因为我没有你的除了
悬在我心里的那一幅，）
到夜深静定时我下跪，
望着画像做我的祈祷，
有时我也唱，低声的唱，
发放我的热烈的情愫
缕缕青烟似的上通到天。
但有谁听到，有谁哀怜？
你踞坐在荣名的顶巅，
有千万人迎着你鼓掌，
我，陪伴我有冷，有黑夜，
我流着泪，独跪在床前！
一年，又一年，再过一年，
新月望到圆，圆望到残，
寒雁排成了字，又分散，
鲜艳长上我手栽的树，

又叫一阵风给刮做灰。
我认识了季候，星月与
黑夜的神秘，太阳的威，
我认识了地土，它能把
一颗子培成美的神奇，
我也认识一切的生存，
爬虫，飞鸟，河边的小草，
再有乡人们的生趣，我
也认识，他们的单纯与
真，我都认识。
跟着认识
是愉快，是爱，再不畏虑
孤寂的侵凌。那三年间
虽则我的肌肤变成粗，
焦黑薰上脸，剥坼刻上
手脚，我心头只有感谢：
因为照亮我的途径有
爱，那盏神灵的灯，再有
穷苦给我精力，推着我
向前，使我怡然的承当

更大的穷苦，更多的险。
你奇怪吧，我有那能耐？
不可思量是爱的灵感！
我听说古时间有一个
孝女，她为救她的父亲
胆敢上犯君王的天威，
那是纯爱的驱使我信。
我又听说法国中古时
有一个乡女子叫贞德，
她有一天忽然脱去了
她的村服，丢了她的羊，
穿上戎装拿着刀，带领
十万兵，高叫一声“杀贼”，
就冲破了敌人的重围，
救了全国，那也一定是
爱！因为只有爱能给人
不可理解的英勇和胆，
只有爱能使人睁开眼，
认识真，认识价值，只有
爱能使人全神的奋发，

向前闯，为了一个目标，
忘了火是能烧，水能淹。
正如没有光热这地上
就没有生命，要不是爱，
那精神的光热的根源，
一切光明的惊人的事
也就不能有。
啊，我懂得！
我说“我懂得”我不惭愧：
因为天知道我这几年，
独自一个柔弱的女子，
投身到灾荒的地域去，
走千百里巉岈的路程，
自身挨着饿冻的惨酷
以及一切不可名状的
苦处说来够写几部书，
是为了什么？为了什么
我把每一个老年灾民
不问他是老人是老妇，
当作生身父母一样看，

每一个儿女当作自身
骨血，即使不能给他们
救度，至少也要吹几口
同情的热气到他们的
脸上，叫他们从我的手
感到一个完全在爱的
纯净中生活着的同类？
为了什么甘愿哺啜
在平时乞丐都不屑的
饮食，吞咽腐朽与肮脏
如同可口的膏粱；甘愿
在尸体的恶臭能醉倒
人的村落里工作如同
发见了什么珍异？为了
什么？就为“我懂得”，朋友，
你信不？我不说，也不能
说，因为我心里有一个
不可能的爱所以发放
满怀的热到另一方向，
也许我即使不知爱也

能同样做，谁知道，但我
总得感谢你，因为从你
我获得生命的意识和
在我内心光亮的点上，
又从意识的沉潜引渡
到一种灵界的莹澈，又
从此产生智慧的微芒
致无穷尽的精神的勇。
啊，假如你能想象我在
灾地时一个夜的看守！
一样的天，一样的星空，
我独自在旷野里，或在
桥梁边或在剩有几簇
残花的藤蔓的村篱边
仰望，那时天际每一个
光亮都为我生着意义，
我饮咽它们的美如同
音乐，奇妙的韵味通流
到内脏与百骸，坦然的
我承受这天赐不觉得

虚怯与羞惭，因我知道
不为己的劳作虽不免
疲乏体肤，但它能拂拭
我们的灵窍如同琉璃，
利便天光无碍的通行。
我话说远了不是？但我
已然诉说到我最后的
回目，你纵使疲倦也得
听到底，因为别的机会
再不会来，你看我的脸
烧红得如同石榴的花；
这是生命最后的光焰，
多谢你不时的把甜水
浸润我的咽喉，要不然
我一定早叫喘息窒死。
你的“懂得”是我的快乐。
我的时刻是可数的了，
我不能不赶快！
我方才
说过我怎样学农，怎样

到灾荒的魔窟中去伸
一只柔弱的奋斗的手，
我也说过我灵的安乐
对满天星斗不生内疚。
但我终究是人是软弱，
不久我的身体得了病，
风雨的毒浸入了纤微，
酿成了猖狂的热。我哥
将我从昏盲中带回家，
我奇怪那一次还不死，
也许因为还有一种罪
我必得在人间受。他们
叫我嫁人，我不能推托。
我或许要反抗假如我
对你的爱是次一等的，
但因我的既不是时空
所能衡量，我即不计较
分秒间的短长，我做了
新娘，我还做了娘，虽则
天不许我的骨血存留。

这几年来我是个木偶，
一堆任凭摆布的泥土；
虽则有时也想到你，但
这想到是正如我想到
西天的明霞或一朵花，
不更少也不更多。同时
病，一再的回复，销蚀了
我的躯壳，我早准备死，
怀抱一个美丽的秘密，
将永恒的光明交付给
无涯的幽冥。我如果有
一个母亲我也许不忍
不让她知道，但她早已
死去，我更没有沾恋；我
每次想到这一点便忍
不住微笑漾上了口角。
我想我死去再将我的
秘密化成仁慈的风雨，
化成指点希望的长虹，
化成石上的苔藓，葱翠

淹没它们的冥顽；化成
黑暗中翅膀的舞，化成
农时的鸟歌；化成水面
锦绣的文章；化成波涛，
永远宣扬宇宙的灵通；
化成月的惨绿在每个
睡孩的梦上添深颜色；
化成系星间的妙乐……
最后的转变是未料的；
天叫我不遂理想的心愿
又叫在热谵中漏泄了
我的怀内的珠光！但我
再也不梦想你竟能来，
血肉的你与血肉的我
竟能在我临去的俄顷
陶然的相偎倚，我说，你
听，你听，我说。真是奇怪。
这人生的聚散！
现在我
真，真可以死了，我要你

这样抱着我直到我去，
直到我的眼再不睁开，
直到我飞，飞，飞去太空，
散成沙，散成光，散成风，
啊苦痛，但苦痛是短的，
是暂时的；快乐是长的，
爱是不死的：
我，我要睡……

十二月二十五日晚六时完成

云　游

那天你翩翩的在空际云游，
自在，轻盈，你本不想停留
在天的那方或地的那角，
你的愉快是无拦阻的逍遥。

你更不经意在卑微的地面
有一流涧水，虽则你的明艳
在过路时点染了他的空灵，
使他惊醒，将你的倩影抱紧。

他抱紧的是绵密的忧愁，
因为美不能在风光中静止；
他要，你已飞渡万重的山头，
去更阔大的湖海投射影子！
他在为你消瘦，那一流涧水，
在无能的盼望，盼望你飞回！

你　去

你去，我也走，我们在此分手；
你上哪一条大路，你放心走，
你看那街灯一直亮到天边，
你只消跟从这光明的直线！
你先走，我站在此地望着你，
放轻些脚步，别教灰土扬起，
我要认清你的远去的身影，
直到距离使我认你不分明，
再不然我就叫响你的名字，
不断的提醒你有我在这里
为消解荒街与深晚的荒凉，
目送你归去……
不，我自有主张，
你不必为我忧虑；你走大路，
我进这条小巷，你看那棵树，
高抵着天，我走到那边转弯，
再过去是一片荒野的凌乱：

有深潭，有浅洼，半亮着止水，
在夜芒中像是纷披的眼泪；
有石块，有钩刺胫踝的蔓草，
在期待过路人疏神时绊倒！
但你不必焦心，我有的是胆，
凶险的途程不能使我心寒。
等你走远了，我就大步向前，
这荒野有的是夜露的清鲜；
也不愁愁云深裹，但须风动，
云海里便波涌星斗的流汞；
更何况永远照彻我的心底，
有那颗不夜的明珠，我爱你！

雁儿们

雁儿们在云空里飞，
看她们的翅膀，
看她们的翅膀，
有时候纡回，
有时候匆忙。

雁儿们在云空里飞，
晚霞在她们身上，
晚霞在她们身上，
有时候银辉，
有时候金芒。

雁儿们在云空里飞，
听她们的歌唱！
听她们的歌唱！
有时候伤悲，
有时候欢畅。

雁儿们在云空里飞，
为什么翱翔？
为什么翱翔？
她们少不少旅伴？
她们有没有家乡？

雁儿们在云空里彷徨，
天地就快昏黑！
天地就快昏黑！
前途再没有天光，
孩子们往哪儿飞？

天地在昏黑里安睡，
昏黑迷住了山林，
昏黑催眠了海水；
这时候有谁在倾听
昏黑里泛起的伤悲。

我有一个恋爱

我有一个恋爱，
我爱天上的明星，
我爱它们的晶莹：
人间没有这异样的神明。

在冷峭的暮冬的黄昏，
在寂寞的灰色的清晨。
在海上，在风雨后的山顶——
永远有一颗，万颗的明星！

山涧边小草花的知心，
高楼上小孩童的欢欣，
旅行人的灯亮与南针：——
万万里外闪烁的精灵！

我有一个破碎的魂灵，
像一堆破碎的水晶，

散布在荒野的枯草里——
饱啜你一瞬瞬的殷勤。

人生的冰激与柔情，
我也曾尝味，我也曾容忍。
有时阶砌下蟋蟀的秋吟，
引起我心伤，逼我泪零。

我袒露我的坦白的胸襟，
献爱于一天的明星。
任凭人生是幻是真，
地球存在或是消泯——
太空中永远不昧的明星！

为　谁

这几天秋风来得格外尖厉：
我怕看我们的庭院，
树叶伤鸟似的猛旋，
中着了无形的利箭——
没了，全没了：生命，颜色，美丽！

就剩下西墙上的几道爬山虎，
他那豹斑似的秋色，
忍熬着风拳的打击，
低低的喘一声呜咽——
“我为你耐着！”他仿佛对我声诉。

它为我耐着，那艳色的秋萝，
但秋风不容情的追，
追，（摧残是它的恩惠！）
追尽了生命的余辉——
这回墙上不见了勇敢的秋萝！

今夜那清光的三星在天上
倾听着秋后的空院，
悄悄的，更不闻呜咽：
落叶在泥土里安眠——
只我在这深夜，为谁凄惘？

灰色的人生

我想——我想开放我的宽阔的粗暴的嗓音，唱一支野蛮的大胆的骇人的新歌；

我想拉破我的袍服，我的整齐的袍服，露出我的胸膛，肚腹，肋骨与筋络；

我想放散我一头的长发，像一个游方僧似的散披着一头的乱发；

我也想跣我的脚，跣我的脚，在巉岈似的道上，快活地，无畏地走着。

我要调谐我的嗓音，傲慢的，粗暴的，唱一阕荒唐的，摧残的，弥漫的歌调；

我伸出我的巨大的手掌，向着天与地，海与山，无畏地求讨，寻捞；

我一把揪住了西北风，问他要落叶的颜色；

我一把揪住了东南风，问他要嫩芽的光泽；

我蹲身在大海的边旁，倾听他的伟大的酣睡的声浪；

我捉住了落日的彩霞，远山的露霭，秋月的明辉，散放在我的发上，胸前，袖里，脚底……

我只是狂喜地大踏步向前——向前——口里唱着暴烈的，粗伧的，不成章的歌调；

来，我邀你们到海边去，听风涛震撼太空的声调；

来，我邀你们到山中去，听一柄利斧砍伐老树的清音；

来，我邀你们到密室里去，听残废的，寂寞的灵魂的呻吟；

来，我邀你们到云霄外去，听古怪的大鸟孤独的悲鸣；

来，我邀你们到民间去，听衰老的，病痛的，贫苦的，残毁的，罪恶的，自杀的——和着深秋的风声与雨声——合唱的“灰色的人生”！

她是睡着了

她是睡着了——
星光下一朵斜欹的白莲，
她入梦境了——
香炉里袅起一缕碧螺烟。

她是眠熟了——
涧泉幽抑了喧响的琴弦，
她在梦乡了——
粉蝶儿，翠蝶儿，翻飞的欢恋。

停匀的呼吸：
清芬渗透了她的周遭的清氛；
有福的清氛，
怀抱着，抚摩着，她纤纤的身形！

奢侈的光阴！
静，沙沙的尽是闪亮的黄金，
平铺着无垠，
波鳞间轻漾着光艳的小艇。

醉心的光景：
给我披一件彩衣，啜一坛芳醴，
折一枝藤花，
舞，在葡萄丛中颠倒，昏迷。

看呀，美丽！
三春的颜色移上了她的香肌，
是玫瑰，是月季，
是朝阳里的水仙，鲜妍，芳菲！

梦底的幽秘，
挑逗着她的心——纯洁的灵魂——
像一只蜂儿，
在花心恣意的唐突——温存。

童真的梦境！
静默；休教惊断了梦神的殷勤；
抽一丝金络，
抽一丝银络，抽一丝晚霞的紫曛；

玉腕与金梭，
织缣似的精审，更番的穿度——
化生了彩霞，
神阙，安琪儿的歌，安琪儿的舞。

可爱的梨涡，
解释了处女的梦境的欢喜，
像一颗露珠，
颤动的，在荷盘中闪耀着晨曦。

不再是我的乖乖

一

前天我是一个小孩，
这海滩最是我的爱；
早起的太阳赛如火炉，
趁暖和我来做我的工夫：
捡满一衣兜的贝壳，
在这海砂上起造宫阙：
哦，这浪头来得凶恶，
冲了我得意的建筑——
我喊了一声，海！
你是我小孩儿的乖乖！

二

昨天我是一个“情种”，
到这海滩上来发疯；
西天的晚霞慢慢的死，
血红变成姜黄，又变紫，
一颗星在半空里窥伺，
我匍匐在砂堆里画字，
一个字，一个字，又一个字，
谁说不是我心爱的游戏？
我喊一声海，海！
不许你有一点儿更改！

三

今天！咳，为什么要有今天？
不比从前，没了我的疯癫，
再没有小孩时的新鲜，
这回再不来这大海的边沿！
头顶上不见天光的方便，
海上只暗沉沉的一片，
暗潮侵蚀了砂字的痕迹，
却冲不淡我悲惨的颜色——
我喊一声海，海！
你从此不再是我的乖乖！

难　得

难得，夜这般的清静，
难得，炉火这般的温，
更是难得，无言的相对，
一双寂寞的灵魂！

也不必筹营，也不必评论，
更没有虚矫、猜忌与嫌憎，
只静静的坐对着一炉火，
只静静的默数远巷的更。

喝一口白水，朋友，
滋润你的干裂的口唇；
你添上几块煤，朋友，
一炉的红焰感念你的殷勤。

在冰冷的冬夜，朋友，
人们方始珍重难得的炉薪；
在这冰冷的世界，
方始凝结了少数同情的心！

这是一个懦怯的世界

这是一个懦怯的世界：
容不得恋爱，容不得恋爱！
披散你的满头发，
赤露你的一双脚；
跟着我来，我的恋爱，
抛弃这个世界
殉我们的恋爱！

我拉着你的手，
爱，你跟着我走；
听凭荆棘把我们的脚心刺透，
听凭冰雹劈破我们的头，
你跟着我走，
我拉着你的手，
逃出了牢笼，恢复我们的自由！

跟着我来，
我的恋爱！
人间已经掉落在我们的后背，——
看呀，这不是白茫茫的大海？
白茫茫的大海，
白茫茫的大海，
无边的自由，我与你与恋爱！

顺着我的指头看，
那天边一小星的蓝——
那是一座岛，岛上有青草，
鲜花，美丽的走兽与飞鸟；
快上这轻快的小艇，
去到那理想的天庭——
恋爱，欢欣，自由——辞别了人间，永远！

天国的消息

可爱的秋景！无声的落叶，
轻盈的轻盈的，掉落在这小径，
竹篱内，隐约的，有小儿女的笑声。

呖呖的清音，缭绕着村舍的静谧，
仿佛是幽谷里的小鸟，欢噪着清晨，
驱散了昏夜的晦塞，开始无限光明。

霎那的欢欣，昙花似的涌现，
开豁了我的情绪，忘却了春恋，
人生的惶惑与悲哀，惆怅与短促——
在这稚子的欢笑声里，想见了天国！

晚霞泛滥着金色的枫林，
凉风吹拂着我孤独的身形；
我灵海里啸响着伟大的波涛，
应和更伟大的脉搏，更伟大的灵潮！

乡村里的音籁

小舟在垂柳荫间缓泛——
一阵阵初秋的凉风，
吹生了水面的漪绒，
吹来两岸乡村里的音籁。

我独自凭着船窗闲憩，
静看着一河的波泛，
静听着远近的音籁，
又一度与童年的情景默契！

这是清脆的稚儿的呼唤，
田野上工作纷纭，
竹篱边犬吠鸡鸣，
但这无端的悲感与凄婉！

白云在蓝天里飞行，
我欲把恼人的年岁，
我欲把恼人的情爱，
托付与无涯的空灵——消泯；

回复我纯朴的，美丽的童心，
像山谷里的冷泉一勺，
像晓风里的白头乳鹊，
像池畔的草花，自然的鲜明。

消　息

雷雨暂时收敛了；
双龙似的双虹，
显现在雾霭中，
夭矫，鲜艳，生动，
——好兆！
明天准是好天了。
什么！又是一阵打雷，
——在云外，在天外，
又是一片暗淡，
不见了鲜虹彩，
——希望，
不曾站稳，又毁了。

在那山道旁

在那山道旁，一天雾蒙蒙的朝上，
初生的小蓝花在草丛里窥觑，
我送别她归去，与她在此分离，
在青草里飘拂，她的洁白的裙衣。

我不曾开言，她亦不曾告辞，
驻足在山道旁，我暗暗的寻思：
"吐露你的秘密，这不是最好时机？"——
露湛的小草花，仿佛恼我的迟疑。

为什么迟疑，这是最后的时机，
在这山道旁，在这雾盲的朝上？
收集了勇气，向着她我旋转身去——
但是啊！为什么她这满眼凄惶？

我咽住了我的话，低下了我的头：
火灼与冰激在我的心胸间回荡，
啊，我认识了我的命运，她的忧愁，——
在这浓雾里，在这凄清的道旁！

在那天朝上，在雾茫茫的山道旁，
新生的小蓝花在草丛里睥睨，
我目送她远去，与她从此分离——
在青草间飘拂，她那洁白的裙衣！

五老峰

不可摇撼的神奇，
不容注视的威严，
这耸峙，这横蟠，
这不可攀援的峻险！
看！那巉岩缺处
透露着天，窈远的苍天，
在无限广博的怀抱间，
这磅礴的伟象显现！

是谁的意境，是谁的想象？
是谁的工程与搏造的手痕？
在这亘古的空灵中
陵慢着天风，天体与天氛！
有时朵朵明媚的彩云，
轻颤的妆缀着老人们的苍鬓，
像一树虬干的古梅在月下
吐露了艳色鲜葩的清芬！

山麓前伐木的村童，
在山涧的清流中洗濯，呼啸，
认识老人们的嗔颦，
迷雾海沫似的喷涌，铺罩，
淹没了谷内的青林，
隔绝了鄱阳的水色袅渺，
陡壁前闪亮着火电，听呀！
五老们在渺茫的雾海外狂笑！

朝霞照他们的前胸，
晚霞戏逗着他们赤秃的头颅；
黄昏时，听异鸟的欢呼，
在他们鸠盘的肩旁怯怯的透露
不昧的星光与月彩：
柔波里，缓泛着的小艇与轻舸。
听呀！在海会静穆的钟声里，
有朝山人在落叶林中过路！

更无有人事的虚荣，
更无有尘世的仓促与噩梦，
灵魂！记取这从容与伟大，
在五老峰前饱啜自由的山风！
这不是山峰，这是古圣人的祈祷，
凝聚成这“冻乐”似的建筑神工，
给人间一个不朽的凭证——
一个“崛强的疑问”在无极的蓝空！

破 庙

慌张的急雨将我
赶入了黑丛丛的山坳，
迫近我头顶在腾拿，
恶狠狠的乌龙巨爪，
枣树兀兀的隐蔽着
一座静悄悄的破庙，
我满身的雨点雨块，
躲进了昏沉沉的破庙；

雷雨越发来得大了；
霍隆隆半天里霹雳，
豁喇喇林叶树根苗，
山谷山石，一齐怒号，
千万条的金剪金蛇，
飞入阴森森的破庙，
我浑身战抖，趁电光
估量这冷冰冰的破庙；

我禁不住大声喊叫，
电光火把似的照耀，
照出我身旁神龛里
一个青面狞笑的神道，
电光去了，霹雳又到，
不见了狞笑的神道，
硬雨石块似的倒泻——
我独身藏躲在破庙；

千年万年应该过了！
只觉得浑身的毛窍，
只听得骇人的怪叫，
只记得那凶恶的神道，
忘记了我现在的破庙；
好容易雨收了，雷休了，
血红的太阳，满天照耀，
照出一个我，一座破庙！

雪花的快乐

假若我是一朵雪花，
翩翩的在半空里潇洒，
我一定认清我的方向
——飞飏，飞飏，飞飏，
这地面上有我的方向。

不去那冷寞的幽谷，
不去那凄清的山麓，
也不上荒街去惆怅
——飞飏，飞飏，飞飏，
你看，我有我的方向！

在半空里娟娟的飞舞，
认明了那清幽的住处，
等着她来花园里探望
——飞飏，飞飏，飞飏，
啊，她身上有朱砂梅的清香！

那时我凭藉我的身轻，
盈盈的，沾住了她的衣襟，
贴近她柔波似的心胸，
——消溶，消溶，消溶
溶入了她柔波似的心胸。

朝雾里的小花

这岂是偶然，小玲珑的野花！
你轻含着闪亮的珍珠，
像是慕光明的花蛾，
在黑暗里想念着焰彩，晴霞。

我此时在这蔓草丛中过路，
无端的内感，惆怅与惊讶，
在这迷雾里，在这岩石下，
思忖着泪怦怦的，人生的鲜露？

恋爱到底是什么一回事

恋爱他到底是什么一回事？——
他来的时候我还不曾出世；
太阳为我照上了二十几个年头，
我只是个孩子，认不识半点愁；
忽然有一天——我又爱又恨那一天——
我心坎里痒齐齐的有些不连牵，
那是我这辈子第一次的上当，
有人说是受伤——你摸摸我的胸膛——
他来的时候我还不曾出世，
恋爱他到底是什么一回事？

这来我变了，一只没笼头的马——
跑遍了荒凉的人生的旷野；
又像那古时间献璞玉的楚人，
手指着心窝，说这里面有真有真，
你不信时一刀拉破我的心头肉，
看那血淋淋的一掬是玉不是玉；

血！那无情的宰割，我的灵魂！
是谁逼迫我发最后的疑问？

疑问！这回我自己幸喜我的梦醒，
上帝，我没有病，再不来对你呻吟！
我再不想成仙，蓬莱不是我的分；
我只要这地面，情愿安分的做人，——
从此再不问恋爱是什么一回事，
反正他来的时候我还不曾出世！

落叶小唱

一阵声响转上了阶沿，
（我正挨近着梦乡边；）
这回准是她的脚步了，我想——
在这深夜！

一声剥啄在我的窗上，
（我正靠紧着睡乡旁；）
这准是她来闹着玩——你看，
我偏不张惶！

一个声息贴近我的床，
我说（一半是睡梦，一半是迷惘；）——
“你总不能明白我，你又何苦
多叫我心伤！”

一声喟息落在我的枕边，
（我已在梦乡里留恋；）
“我负了你！”你说——你的热泪
烫着我的脸！

这音响恼着我的梦魂，
（落叶在庭前舞，一阵，又一阵；）
梦完了，呵，回复清醒；恼人的——
却只是秋声！

为要寻一颗明星

我骑着一匹拐腿的瞎马，
向着黑夜里加鞭；——
向着黑夜里加鞭，
我跨着一匹拐腿的瞎马。

我冲入这黑绵绵的昏夜，
为要寻一颗明星；——
为要寻一颗明星，
我冲入这黑茫茫的荒野。

累坏了，累坏了我胯下的牲口，
那明星还不出现；——
那明星还不出现，
累坏了，累坏了马鞍上的身手。

这回天上透出了水晶似的光明，
荒野里倒着一只牲口，——
黑夜里倒着一具尸首。
这回天上透出了水晶似的光明！

谁知道

我在深夜里坐着车回家——
一个褴褛的老头他使着劲儿拉；
天上不见一个星，
街上没有一只灯，
那车灯的小火
冲着街心里的土——
左一个颠簸，右一个颠簸，
拉车的走着他的踉跄步；
……

“我说拉车的，这道儿哪儿能这么的黑？”
“可不是先生？这道儿真——真黑！”
他拉——拉过了一条街，穿过了一座门，
转一个弯，转一个弯，一般的暗沉沉；——
天上不见一个星，
街上没有一个灯，
那车灯的小火

蒙着街心里的土——
左一个颠簸，右一个颠簸。
拉车的走着他的踉跄步；
……

“我说拉车的，这道儿哪儿能这么的静？”
“可不是先生？这道儿真——真静！”
他拉——紧贴着一垛墙，长城似的长，
过一处河沿，转入了黑遥遥的旷野；——
天上不露一颗星，
道上没有一只灯：
那车灯的小火
晃着道儿上的土——
左一个颠簸，右一个颠簸，
拉车的走着他的踉跄步；
……

“我说拉车的，怎么这道上一个人都不见？”
“倒是有，先生，就是您不大瞧得见！”
我骨髓里一阵子的冷——

那边青缭缭的是鬼还是人？
仿佛听着呜咽与笑声——
啊，原来这遍地都是坟！
天上不亮一颗星，
道上没有一只灯，
那车灯的小火
缭着道儿上的土——
左一个颠簸，右一个颠簸
拉车的跨着他的踉跄步；
……

“我说——我说拉车的喂！这道儿哪……哪儿有这么的远？”

“可不是先生？这道儿真——真远！”

“可是……你拉我回家……你走错了道儿没有？”

“谁知道先生！谁知道走错了道儿没有！”

……

我在深夜里坐着车回家，

一堆不相识的褴褛他使着劲儿拉；

天上不明一颗星，

道上不见一只灯，

只那车灯的小火

袅着道儿上的土——

左一个颠簸，右一个颠簸。

拉车的跨着他的蹒跚步。

夜半松风

这是冬夜的山坡，
坡下一座冷落的僧庐，
庐内一个孤独的梦魂，
在忏悔中祈祷，在绝望中沉沦；——

为什么这怒叫，这狂啸，
鼍鼓与金钲与虎与豹？
为什么这幽诉，这私慕？
烈情的惨剧与人生的坎坷——
又一度潮水似的淹没了
这彷徨的梦魂与冷落的僧庐？

青年曲

泣与笑，恋与愿与恩怨，
难得的青年，倏忽的青年，
前面有座铁打的城垣，青年，
你进了城垣，永别了春光！
永别了青年，恋与愿与恩怨！

妙乐与酒与玫瑰，不久住人间，
青年，彩虹不常在天边，
梦里的颜色，不能永葆鲜妍，
你须珍重，青年，你有限的脉搏，
休教幻景似的消散了你的青年！

月下雷峰影片

我送你一个雷峰塔影，
满天稠密的黑云与白云；
我送你一个雷峰塔顶，
明月泻影在眠熟的波心。

深深的黑夜，依依的塔影，
团团的月彩，纤纤的波鳞——
假如你我荡一支无遮的小艇，
假如你我创一个完全的梦境！

留别日本

我惭愧我来自古文明的乡国，
我惭愧我脉管中有古先民的遗血，
我惭愧扬子江的流波如今混浊，
我惭愧——我面对着富士山的清越！

古唐时的壮健常萦我的梦想：
那时洛邑的月色，那时长安的阳光；
那时蜀道的啼猿，那时巫峡的涛响；
更有那哀怨的琵琶，在深夜的浔阳！

但这千余年的痿痹，千余年的懵懂：
更无从辨认——当初华族的优美，从容！
摧残这生命的艺术，是何处来的狂风？——
缅念那遍中原的白骨，我不能无恫！

我是一枚飘泊的黄叶，在旋风里飘泊，
回想所从来的巨干，如今枯秃；

我是一颗不幸的水滴，在泥潭里匍匐——
但这干涸了的涧身，亦曾有水流活泼。

我欲化一阵春风，一阵吹嘘生命的春风，
催促那寂寞的大木，惊破他深长的迷梦；
我要一把倔强的铁锹，铲除淤塞与臃肿，
开放那伟大的潜流，又一度在宇宙间汹涌。

为此我羡慕这岛民依旧保持着往古的风尚，
在朴素的乡间想见古社会的雅驯，清洁，壮旷；
我不敢不祈祷古家邦的重光，但同时我愿望——
愿东方的朝霞永葆扶桑的优美，优美的扶桑！

盖上几张油纸

这首小诗是去年在硖石东山下独居时做的，有事实的背景。那天第一次下雪，天气很冷，有几个朋友带了酒来看我，他们走进我的住处时见一个妇人坐在阶沿石很悲伤的哭，他们就问她为什么，她分明有一点神经错乱，她说她的儿子在山脚下躺着，今天下雪天冷，她想着他了，所以买了几张油纸替他盖上，她叫他他不答应，所以她哭了。

一片，一片，半空里
掉下雪片；
有一个妇人，有一个妇人
独坐在阶沿。

虎虎的，虎虎的，风响
在树林间；
有一个妇人，有一个妇人，
独自在哽咽。

为什么伤心，妇人，
这大冷的雪天？
为什么啼哭，莫非是
失掉了钗钿？

不是的，先生，不是的，
不是为钗钿；
也是的，也是的，我不见了
我的心恋。

那边松林里，山脚下，
有一只小木箧，
装着我的宝贝，我的心，
三岁儿的嫩骨！

昨夜我梦见我的儿
叫一声“娘呀——
天冷了，天冷了，天冷了，
儿的亲娘呀！”

今天果然下大雪；屋檐前
望得见冰条，
我在冷冰冰的被窝里摸——
摸我的宝宝。

方才我买来几张油纸，
盖在儿的床上；
我唤不醒我熟睡的儿——
我因此心伤。

一片，一片，半空里
掉下雪片；
有一个妇人，有一个妇人，
独坐在阶沿。

虎虎的，虎虎的，风响
在树林间：
有一个妇人，有一个妇人，
独自在哽咽。

石虎胡同七号

我们的小园庭，有时荡漾着无限温柔；
善笑的藤娘，袒酥怀任团团的柿掌绸缪，
百尺的槐翁，在微风中俯身将棠姑抱搂，
黄狗在篱边，守候睡熟的珀儿，它的小友
小雀儿新制求婚的艳曲，在媚唱无休——
我们的小园庭，有时荡漾着无限温柔。

我们的小园庭，有时淡描着依稀的梦景；
雨过的苍茫与满庭荫绿，织成无声幽冥，
小蛙独坐在残兰的胸前，听隔院蚓鸣，
一片化不尽的雨云，倦展在老槐树顶，
掠檐前作圆形的舞旋，是蝙蝠，还是蜻蜓？
我们的小园庭，有时淡描着依稀的梦景。

我们的小园庭，有时轻喟着一声奈何；
奈何在暴雨时，雨槌下捣烂鲜红无数，
奈何在新秋时，未凋的青叶惆怅地辞树，
奈何在深夜里，月儿乘云艇归去，西墙已度，
远巷薤露的乐音，一阵阵被冷风吹过——
我们的小园庭，有时轻喟着一声奈何。

我们的小园庭，有时沉浸在快乐之中；
雨后的黄昏，满院子美荫，清香与凉风，
大量的蹇翁，巨樽在手，蹇足直指天空，
一斤，两斤，杯底喝尽，满怀酒欢，满面酒红，
连珠的笑响中，浮沉着神仙似的酒翁——
我们的小园庭，有时沉浸在快乐之中。

偶　然

我是天空里的一片云，
偶尔投影在你的波心——
你不必讶异，
更无须欢喜——
在转瞬间消灭了踪影。
你我相逢在黑夜的海上，
你有你的，我有我的，方向；
你记得也好，
最好你忘掉
在这交会时互放的光亮！

翡冷翠的一夜

你真的走了，明天？那我，那我，……
你也不用管，迟早有那一天；
你愿意记着我，就记着我，
要不然趁早忘了这世界上
有我，省得想起时空着恼，
只当是一个梦，一个幻想；
只当是前天我们见的残红，
怯怜怜的在风前抖擞，一瓣，
两瓣，落地，叫人踩，变泥……
唉，叫人踩，变泥——变了泥倒干净，
这半死不活的才叫是受罪，
看着寒伧，累赘，叫人白眼——
天呀！你何苦来，你何苦来……
我可忘不了你，那一天你来，
就比如黑暗的前途见了光彩，
你是我的先生，我爱，我的恩人，
你教给我什么是生命，什么是爱，

你惊醒我的昏迷，偿还我的天真。
没有你我哪知道天是高，草是青？
你摸摸我的心，它这下跳得多快；
再摸我的脸，烧得多焦，亏这夜黑
看不见；爱，我气都喘不过来了，
别亲我了；我受不住这烈火似的活，
这阵子我的灵魂就像是火砖上的
熟铁，在爱的槌子下，砸，砸，火花
四散的飞洒……我晕了，抱着我，
爱，就让我在这儿清静的园内，
闭着眼，死在你的胸前，多美！
头顶白树上的风声，沙沙的，
算是我的丧歌，这一阵清风，
橄榄林里吹来的，带着石榴花香，
就带了我的灵魂走，还有那萤火，
多情的殷勤的萤火，有他们照路，
我到了那三环洞的桥上再停步，
听你在这儿抱着我半暖的身体，
悲声的叫我，亲我，摇我，咂我，……
我就微笑的再跟着清风走，

随他领着我，天堂，地狱，哪儿都成，
反正丢了这可厌的人生，实现这死
在爱里，这爱中心的死，不强如
五百次的投生？……自私，我知道，
可我也管不着……你伴着我死？
什么，不成双就不是完全的“爱死”，
要飞升也得两对翅膀儿打伙，
进了天堂还不一样的要照顾，
我少不了你，你也不能没有我；
要是地狱，我单身去你更不放心，
你说地狱不定比这世界文明
（虽则我不信，）像我这娇嫩的花朵，
难保不再遭风暴，不叫雨打，
那时候我喊你，你也听不分明，——
那不是求解脱反投进了泥坑，
倒叫冷眼的鬼串通了冷心的人，
笑我的命运，笑你懦怯的粗心？
这话也有理，那叫我怎么办呢？
活着难，太难，就死也不得自由，
我又不愿你为我牺牲你的前程……

唉！你说还是活着等，等那一天！
有那一天吗？——你在，就是我的信心；
可是天亮你就得走，你真的忍心
丢了我走？我又不能留你，这是命；
但这花，没阳光晒，没甘露浸，
不死也不免瓣尖儿焦萎，多可怜！
你不能忘我，爱，除了在你的心里，
我再没有命；是，我听你的话，我等，
等铁树儿开花我也得耐心等；
爱，你永远是我头顶的一颗明星：
要是不幸死了，我就变一个萤火，
在这园里，挨着草根，暗沉沉的飞，
黄昏飞到半夜，半夜飞到天明，
只愿天空不生云，我望得见天
天上那颗不变的大星，那是你，
但愿你为我多放光明，隔着夜，
隔着天，通着恋爱的灵犀一点……

六月十一日，一九二五年翡冷翠山中

半夜深巷琵琶

又被它从睡梦中惊醒，
深夜里的琵琶！
是谁的悲思，
是谁的手指，
像一阵凄风，
像一阵惨雨，
像一阵落花，
在这夜深深时，
在这睡昏昏时，
挑动着紧促的弦索，
乱弹着宫商角徵，
和着这深夜，荒街，
柳梢头有残月挂，
啊，半轮的残月，
像是破碎的希望，
他头戴一顶开花帽，
身上带着铁链条，

在光阴的道上疯了似的跳，
疯了似的笑，
完了，他说，吹糊你的灯，
她在坟墓的那一边等，
等你去亲吻，
等你去亲吻，
等你去亲吻！

苏 苏

苏苏是一痴心的女子，
像一朵野蔷薇，她的丰姿；
像一朵野蔷薇，她的丰姿——
来一阵暴风雨，摧残了她的身世。

这荒草地里有她的墓碑
淹没在蔓草里，她的伤悲；
淹没在蔓草里，她的伤悲——
啊，这荒土里化生了血染的蔷薇！

那蔷薇是痴心女的灵魂，
在清早上受清露的滋润，
到黄昏里有晚风来温存，
更有那长夜的慰安，看星斗纵横。

你说这应分是她的平安？
但运命又叫无情的手来攀，
攀，攀尽了青条上的灿烂，——
可怜呵，苏苏她又遭一度的摧残！

再不见雷峰

再不见雷峰，雷峰坍成了一座大荒冢，
顶上有不少交抱的青葱；
顶上有不少交抱的青葱，
再不见雷峰，雷峰坍成了一座大荒冢。

为什么感慨，对着这光阴应分的摧残？
世上多的是不应分的变态；
世上多的是不应分的变态，
为什么感慨，对着这光阴应分的摧残？

为什么感慨：这塔是镇压，这坟是掩埋，
镇压还不如掩埋来得痛快！
镇压还不如掩埋来得痛快，
为什么感慨：这塔是镇压，这坟是掩埋。

再没有雷峰；雷峰从此掩埋在人的记忆中：
像曾经的幻梦，曾经的爱宠；
像曾经的幻梦，曾经的爱宠，
再没有雷峰，雷峰从此掩埋在人的记忆中。

九月，西湖。

起造一座墙

你我千万不可亵渎那一个字，
别忘了在上帝跟前起的誓。
我不仅要你最柔软的柔情，
蕉衣似的永远裹着我的心；
我要你的爱有纯钢似的强，
在这流动的生里起造一座墙；
任凭秋风吹尽满园的黄叶，
任凭白蚁蛀烂千年的画壁；
就使有一天霹雳震翻了宇宙，——
也震不翻你我“爱墙”内的自由！

在哀克刹脱（Excter）教堂前

这是我自己的身影，今晚间
倒映在异乡教宇的前庭，
一座冷峭峭森严的大殿，
一个峭阴阴孤耸的身影。

我对着寺前的雕像发问：
“是谁负责这离奇的人生？”
老朽的雕像瞅着我发愣，
仿佛怪嫌这离奇的疑问。

我又转问那冷郁郁的大星，
它正升起在这教堂的后背，
但它答我以嘲讽似的迷瞬，
在星光下相对，我与我的迷谜！

这时间我身旁的那棵老树，
他荫蔽着战迹碑下的无辜，

幽幽的叹一声长气，像是
凄凉的空院里凄凉的秋雨。

他至少有百余年的经验，
人间的变幻他什么都见过；
生命的顽皮他也曾计数；
春夏间汹汹，冬季里婆婆。

他认识这镇上最老的前辈，
看他们受洗，长黄毛的婴孩；
看他们配偶，也在这教门内，——
最后看他们的名字上墓碑！

这半悲惨的趣剧他早经看厌，
他自身痈肿的残余更不沾恋；
因此他与我同心，发一阵叹息——
啊！我身影边平添了斑斑的落叶！

一九二五，七月

变与不变

树上的叶子说："这来又变样儿了，
你看，有的是抽心烂，有的是卷边焦！"
"可不是，"答话的是我自己的心：
它也在冷酷的西风里褪色，凋零。

这时候连翩的明星爬上了树尖；
"看这儿，"
它们仿佛说："有没有改变？"
"看这儿，"无形中又发动了一个声音，
"还不是一样鲜明？"——插话的是我的魂灵！

珊　瑚

你再不用想我说话，
我的心早沉在海水底下；
你再不用向我叫唤：
因为我——我再不能回答！

除非你——除非你，也来在
这珊瑚骨环绕的又一世界；
等海风定时的一刻清静，
你我来交互你我的幽叹。

我来扬子江边买一把莲蓬[1]

我来扬子江边买一把莲蓬；
手剥一层层莲衣，
看江鸥在眼前飞，
忍含着一眼悲泪——
我想着你，我想着你，啊小龙！[2]

我尝一尝莲瓤，回味曾经的温存：——
那阶前不卷的重帘，
掩护着同心[3]的欢恋：
我又听着你的盟言，
“永远是你的，我的身体，我的灵魂。”

---

①本诗最初见于1925年9月9日《志摩日记·爱眉小札》内。

②发表时“龙”为“红”。

③日记中“同心”为“消魂”。

我尝一尝莲心，我的心比莲心苦；
我长夜里怔忡，
挣不开的噩梦，
谁知我的苦痛？
你害了我，爱，这日子叫我如何过？

但我不能责你负，我不忍猜你变，
我心肠只是一片柔：④
你是我的！我依旧
将你紧紧的抱搂——⑤
除非是天翻——⑥
但谁能想象那一天？⑦

---

④日记中此处无“：”。

⑤日记中“——”为“；”。

⑥日记中“——”为“，”。

⑦日记中此句为“但我不能想象那一天！”篇末署有：“九月四日沪宁道上”。

SANWEN

散 文

每次有理想主义的行为或人格出现,这卑污苟且的社会一定不能容忍;不是拳打脚踢,也总是冷嘲热讽,总要把那三闾大夫硬推入汨罗江底,他们方才放心。

就使打破了头，也还要保持我灵魂的自由

照群众行为看起来，中国人是最残忍的民族。照个人行为看起来，中国人大多数是最无耻的个人。慈悲的真义是感觉人类应感觉的感觉，和有胆量来表现内动的同情。中国人只会在杀人场上听小热昏，决不会在法庭上贺喜判决无罪的刑犯；只想把洁白的人齐拉入混浊的水里，不会原谅拿人格的头颅去撞开地狱门的牺牲精神，只是“幸灾乐祸”、“投井下石”，不会冒一点子险去分肩他人为正义而奋斗的负担。

从前在历史上，我们似乎听见过有什么义呀侠呀，什么当仁不让，见义勇为的榜样呀，气节呀，廉洁呀，等等。如今呢，只听见神圣的职业者接受蜜甜的“冰炭散”，磕拜寿祝福的响头，到处只见拍卖人格、“贱卖灵魂”的招贴。这是革命最彰明的成绩，这是华族民国最动人的广告！

“无理想的民族必亡”，是一句不刊的真言。我们目前的社会政治走的只是卑污苟且的路，最不能容许的是理想，因为理想好比一面大镜子，若然摆在面前，一定照出魑魅魍魉的丑迹。莎士比亚的丑鬼卡立朋（Caliban①）有时在海水里照出他自己的尊容，总是老羞成怒的。

所以每次有理想主义的行为或人格出现，这卑污苟且的社会一定不能容忍；不是拳打脚踢，也总是冷嘲热讽，总要把那三闾大夫硬推入汨罗江底，他们方才放心。

---

①莎士比亚戏剧《暴风雨》中丑陋、野蛮而残忍的奴隶，比喻丑陋而残忍的人。

我们从前是儒教国，所以从前理想人格的标准是智仁勇。现在不知道变成了什么国了，但目前最普通人格的通性，明明是愚暗残忍懦怯，正得一个反面，但是真理正义是永生不灭的圣火；也许有的遭被蒙盖掩翳罢了。大多数的人一天二十四点钟的时间内，何尝没有一刹那清明之气的回复？但是谁有胆量来想他自己的想，感觉他内动的感觉，表现他正义的冲动呢？

蔡元培所以是个南边人说的“戇大”，愚不可及的一个书呆子，卑污苟且社会里的一个最不合时宜的理想者。所以他的话是没有人能懂的；他的行为是极少数人——如真有——敢表同情的；他的主张，他的理想，尤其是一盆飞旺的炭火，大家怕炙手，如何敢去抓呢？

“小人知进而不知退。”

“不忍为同流合污之苟安。”

“不合作主义。”

“为保持人格起见……”

“生平仅知是非公道，从不以人为单位。”

这些话有多少人能懂，有多少人敢懂？

这样的一个理想者，非失败不可；因为理想者总是失败的。若然理想胜利，那就是卑污苟且的社会政治失败——那是一个过于奢侈的希望了。

有知识有胆量能感觉的男女同志，应该认明此番风潮是个道德问题；随便彭允彝、京津各报如何淆惑，如何谣传，如何去牵涉政党，总不能掩没这风潮里面的一点子理想的火星。要保全这点子小小的火星不灭，是我们的责任，是我们良心上的负担；我们应该积极同情这番拿人格头颅去撞开地狱门的精神！

选自《努力周报》1923年1月28日

我过的端阳节

我方才从南口回来，天是真热，朝南的屋子里都到了九十度[①]以上，两小时的火车竟如在火窖中受刑，坐起一样的难受。我们今天一早在野鸟开唱以前就起身，不到六时就骑骡出发，除了在永陵休息半小时以外，一直到下午一时余，只是在高度的日光下赶路。我一到家，只觉得四肢的筋肉里像用细麻绳扎紧似的难受，头里的血，像沸水似的急流，神经受了烈性的压迫，仿佛无数烧红的铁条蛇盘似的绞紧在一起……

一进阴凉的屋子，只觉得一阵眩晕从头顶直至踵底，不仅眼前望不清楚，连身子也有些支持不住。我就向着最近的藤椅上瘫了下去，两手按住急颤的前胸，紧闭着眼，纵容内心的浑沌，一片黯黄，一片茶青，一片墨绿，影片似的在倦绝的眼膜上扯过……

直到洗过了澡，神志方才回复清醒，身子也觉得异常的爽快，我就想了……

人啊，你不自己惭愧吗？

野兽，自然的，强悍的，活泼的，美丽的；我只是羡慕你！

什么是文明人：只是腐败了的野兽！你若然拿住一个文明惯了的人类，剥了他的衣服装饰，夺了他作伪的工具——语言文字，把他赤裸裸的放在荒野里看看——多么“寒碜”的一个畜生呀！恐怕连长耳

---

①约等于32摄氏度。

朵的小骡儿，都瞧他不起哪！

白天，狼虎放平在丛林里睡觉，他躲在树荫底下发痧；

晚上，清风在树林中演奏轻微的妙乐，鸟雀儿在巢里做好梦，他倒在一块石上发烧咳嗽——着了凉了！

也不等狼虎去商量他有限的皮肉，也不必小雀儿去嘲笑他的懦弱；单是他平常歌颂的艳阳与凉风，甘霖与朝露，已够他的受用：在几小时之内可使他脑子里消灭了金钱名誉经济主义等等的虚景，在一半天之内，可使他心窝里消灭了人生的情感悲乐种种的幻象，在三两天之内——如其那时还不曾受淘汰——可使他整个的超出了文明人的丑态，那时就叫他放下两只手来替脚平分走路的负担，他也不以为离奇，抵拼撕破皮肉爬上树去采果子吃，也不会感觉到体面的观念……

平常见了活泼可爱的野兽，就想起红烧野味之美，现在你失去了文明的保障，但求彼此平等待遇两不相犯，已是万分的侥幸……

文明只是个荒谬的状况；文明人只是个凄惨的现象，——我骑在骡上嚷累叫热，跟着哑巴的骡夫，比手势告诉我他整天地跑路，天还不算顶热，他一路很快活地不时采一朵野花，折一茎麦穗，笑他古怪的笑，唱他哑巴的歌；我们到了客寓喝冰汽水喘息，他路过一条小涧时，扑下去喝一个贴面饱，同行的有一位说："真的，他们这样的胡喝，就不会害病，真贱！"

回头上了头等车，坐在皮椅上嚷累叫热，又是一瓶两瓶的冰水，还怪嫌车里不安电扇；同时前面火车头里司机的加煤的，在一百四五十度的高温里笑他们的笑，谈他们的谈……

田里刈麦的农夫拱着棕黑色的裸背在做工，从清早起已经做了八九时的工，热烈的阳光在他们的皮上像在打出火星来似的，但他们却不曾嚷腰酸、叫头痛……

我们不敢否认人是万物之灵，我们却能断定人是万物之淫；

什么是现代的文明，只是一个淫的现象；

淫的代价是活力之腐败与人道之丑化；

前面是什么，没有别的，只是一张黑沉沉的大口，在我们运定的道上张开等着，时候到了把我们整个的吞了下去完事！

六月二十日

选自《晨报副刊》1923 年 6 月 24 日

泰山日出

振铎来信要我在《小说月报》的“泰戈尔号”上说几句话。我也曾答应了，但这一时游济南游泰山游孔陵，太乐了，一时竟拉不拢心思来做整篇的文字，一直挨到现在期限快到，只得勉强坐下来，把我想得到的话不整齐地写出。

我们在泰山顶上看出太阳。在航过海的人，看太阳从地平线下爬上来，本不是奇事；而且我个人是曾饱饫过江海与印度洋无比的日彩的。但在高山顶上看日出，尤其在泰山顶上，我们无餍的好奇心，当然盼望一种特异的境界，与平原或海上不同的。果然，我们初起时，天还暗沉沉的，西方是一片的铁青，东方些微有些白意，宇宙只是——如用旧词形容——一体莽莽苍苍的。但这是我一面感觉劲烈的晓寒，一面睡眼不曾十分醒豁时约略的印象。等到留心回览时，我不由得大声地狂叫——因为眼前只是一个见所未见的境界。原来昨夜整夜暴风的工程，却砌成一座普遍的云海。除了日观峰与我们所在的玉皇顶以外，东西南北只是平铺着弥漫的云气。在朝旭未露前，宛似无量数厚毳长绒的绵羊，交颈接背地眠着，卷耳与弯角都依稀辨认得出。那时候在这茫茫的云海中，我独自站在雾霭溟蒙的小岛上，发生了奇异的幻想——我躯体无限地长大，脚下的山峦比例我的身量，只是一块拳石；这巨人披着散发，长发在风里像一面黑色的大旗，飒飒地在飘荡。这巨人竖立在大地的顶尖上，仰面向着东方，平拓着一双长臂，在盼望，在迎接，在催促，在默默地叫唤；在崇拜，在祈祷，在流泪——在流久慕未见而将见悲喜交互的热泪……

这泪不是空流的，这默祷不是不生显应的。

巨人的手，指向着东方——

东方有的，在展露的，是什么?

东方有的是瑰丽荣华的色彩，东方有的是伟大普照的光明——出现了，到了，在这里了……

玫瑰汁，葡萄浆，紫荆液，玛瑙精，霜枫叶——大量的染工，在层累的云底工作，无数蜿蜒的鱼龙，爬进了苍白色的云堆。

一方的异彩，揭去了满天的睡意，唤醒了四隅的明霞——光明的神驹，在热奋的驰骋。

云海也活了；眠熟了兽形的涛澜，又回复了伟大的呼啸，昂头摇尾地向着我们朝露染青馒形的小岛冲洗，激起了四岸的水沫浪花，震荡着这生命的浮礁，似在报告光明与欢欣之临莅……

再看东方——海句力士已经扫荡了他的阻碍，雀屏似的金霞，从无垠的肩上产生，展开在大地的边沿。起……起……用力，用力，纯焰的圆颅，一探再探地跃出了地平，翻登了云背，临照在天空……

歌唱呀，赞美呀，这是东方之复活，这是光明的胜利……

散发祷祝的巨人，他的身彩横亘在无边的云海上，已经渐渐地消翳在普遍的欢欣里；现在他雄浑的颂美的歌声，也已在霞彩变幻中，普彻了四方八隅……

听呀，这普彻的欢声；看呀，这普照的光明!

选自《小说月报》1923 年 9 月

鬼　话

慧珈，我只是自然崇拜者。我生平教育之校择者，都从眷爱自然得来。但看我眼中有夏星与秋月；我感情有山岭之雄厚，仿佛大川之潮澜；我思想似山涧之清，似海之阔，似雷电之迅，似枝头好鸟之妙舌；我肢体似雏鹿，似春草，似春云；我想象似电似金似火，有天堂之瑰丽，有地狱之诡幻，有春日之和，有秋花之艳；我爱情如蜜，如蚕丝之不绝，如瀑，如常青之松柏，如石之坚，如月之秘。

慧珈，我只是个自然崇拜者。我以为自然界种种事物，不论其细如涧石，暂如花，黑如炭，明如秋月，皆孕有甚深之意义，皆含有不可理解之神秘，皆为至美之象征。我爱汝，因汝亦美之征，我实隐敬畏汝，因汝亦具神之秘。

汝手挽我臂，及汝行稍倦，我将以手承汝腰。

假令汝蹇不能行，我手必常承汝不辍；假令我盲不能视，汝亦必以至媚之词，状星与月与涧瀑，以娱我常阙之视。月或有盈昃，潮或有涨落，然我不能想象汝我历千难万苦所凝成之恋晶，遭受毫芒之挫损。慧珈，汝我肉虽各体，灵已相和，嘻！汝其东望！美漪初升之满月，至烈至大，披靡云翳，若劲风铲叶。慧珈，忆否年前汝我之奋斗生涯，大敌小寇，巨难隐挫之梗汝我成功之径者，指不可尽数，然美满卒生于黑暗，若潜涧之骤睹光明，若此满月之出雾锢，自此长天晴朗，安行无碍。慧珈，汝试以手觉我心搏，此方寸灵府碎而复全者再再三三，即汝手，此纤纤柔荏之手，亦尝亲缚利刃其中，幸而未殊，然草木不因春荣而怨冬杀，我慧珈仁勇犹天，即使寸寸磔我，成尘成灰，以散入广漠，我魂而有知，犹且感恋，况灾难终解，幸福大来，汝纤美之手，此日竟抚我怀，汝最美丽之灵魂，我竟敢呼为已有。慧珈，我乐良不可支，愿月常圆，愿汝常美，汝泪又盈盈汝眶，月辉出林我视甚清，可爱者泪也，我常呼为人间无价之珍珠，我慧，汝不见我睫亦湿，然今夕彼此怀欢，不能复如春间，在汝园前梨花荫下之交泪成流也。顾汝泪已粗，颓然欲滴，无已容我热吻，咽此情珠。慧乎，汝应登记，汝泪又一度济我情渴，听否桥下涧声凿凿，似讽似妒，且复前进何似？

梵王宫殿月轮高，碧琉璃翠烟笼罩。

慧珈，汝我真身入仙境矣，如此琉璃，如此昭庙，如此寒烟，如此明月，慧珈吾爱，且为奈何此良宵。李长吉当此冬夜，必念“火井温泉”，太白在世，当不吝质裘换酒，然我有慧珈在手，我有慧珈在心，长生情焰，燎尽寒愁，况有蜜吻，何羡庸醪。

慧，汝见否昭庙前盘根巨干，决垣破垒而出，宁其难，不屈其性，美哉勇士，来岁春荣时，再来当以花冠宠之。

慧，不意冬令清温如此，干草生香，松馨可臭，此道引向双清，引向玉乳，然汝我不如赴彼新亭一“看云起”，丰山凉椽，早动我攀登之念，然前昨游山，屐总北向，何如此夕，慰彼寂寥。且月轮正倚此峰下窥，溯影上寻，别饶逸趣，汝但密抱我袖，当减援蹭之乏，但小心足下，勿为莽棘所扰，勿使乱石为踣，此境清幽圣洁，即有山鬼，亦必雅驯，不敢孟浪我钟爱之麇。

慧，我爱幽秘，不矜明显，故爱月色，甚于昭阳；我童年见月，每每滴泪，但感其悲，不知何以，即今新愁未起，欢满哀肠，然徘徊之顷，便可写泪，大概感美动情，因情生泪，乐之与悲，原相交络，即我与汝年来恋迹，他人视为温柔享尽然。我初不知有无悲之欢，无泪之会，汝我回顾来踪，青茵馥郁，何莫非清泪所滋培，即此往夷路从容，亦岂能循庸福之安步，佛说色即是空，空即是色，世俗谬解，负色负空。我谓从空中求色，乃为真色，从色求空，乃得真空；色，情也恋也，空，想象之神境也。汝我自诩识真，舍心在远，岂能局促于皮肉饮食之间哉。

故我爱月，即谓爱其幽秘也可。试看此林此谷，若无秘意，便无神趣昙花泡影之美，正在其来之神，其潜之秘。世每以优昙比人生，设想甚美，然结论以有唯其暂忽，应避空虚，则其谬可诛，其愚可怜。人生本非优昙，独见真见美之一俄顷，真生命之消息，乃如电光之涌现，彼牧奴，彼市贾，彼政客，唯日营营于货利泥溷，宁知生命，宁有生命，复何优昙之可言。且生命诚是幻境，善年者不虑幻境之易灭，而唯恐其一灭而不复生，苟能如日之出没，生命之优昙朝荣而莫殊，生命之幻境，常绝亦常生，旦旦有希望，息息是危机（则不其为生命之王欤？）。世即有荣华，复何羡？

故我崇拜幽秘，崇拜月，崇拜月夜，夜亦自然之尤秘者，我爱夜，我爱星夜，我爱无星之夜，我爱黑暗中之微芒，我爱星芒下之黑夜。幽秘尤为赋与生命之原素。慧，汝不云乎，西山莫色，钝如铅，呆若木鸡。方初星之未露，方薇纳司之未现，天圜冢若盖，地偃若古尸，沙云谐色，松柏无声，几疑是沈沈者方且终古，然及明星之独兴，顿转钝氲为凉霭，生命复起于沉寂，泄露宇宙生生无已之精神，因其闪耀，因其纯辉，远山近树，并感神明，一若内受神动，回舞欢欣，即不上枯藤，涧底残水，亦似耿耿欲为吟舞，颂美良辰。慧，汝常爱独凭小牖，默察蓝空静伺星起。一若展瞭春野，于一涨纯翠之中，忽见罗兰如目，粲笑相迎，讶喜未定，诸鬟并出，星定无极，一体神灵，尔时汝慧心频跃，喜溢长眉。慧珈我爱，汝非凡种，汝来本自神阙，我常有想，天上七星，列汝秀额，无怪汝爱星甚于爱珍，妙盼常在祥云飘渺之间。

慧，枯荆果茧汝行，刺不深否？是藤卷亦大可怜，经霜往雪，色剥根殊，但亘道际，仰啜星光，偶当游踵，辄前纠搂，其意可怜，其情可悯，然汝无端遭刺，痛即不深，亦算小恼，然为常为变，莫非因缘，不如展汝慈腕，温抚而撤置之，彼若有灵，亦当感愧。

慧，汝闻涧声否，似是双清之裔，今冬不冷，泉涧少封，况受星月之惠，流光绰约，宜其韵节连绵，欢惬生平，我尝称山涧为自然界之忠臣义士，自然界之多情种子，休道此潺潺一曲，其来远在云天高处，不知须经过几层地狱，冲度多少林菁，洗磨千万个石堁，涤净几万条荇草，几度幽咽，几番喟息，然其精灵所系，永失勿谖，任难任险，一往无前；慧，汝不尝见流涧合湖，音色并谐，此真克践素愿之欢悰，正不让汝我此夕之踏月林边也。

慧，“看云起”已可望见，月正初卸云衣，散辉如雪蕊缤纷，汝我试立岩于中望月洗之香山，从黑处望光明，益见光明之妩媚，况此尤为神秘之光明。

慧我爱友，汝不感我肢体微震乎？方我见美，神经似感烈电，但觉纤微狂舞，人格辄欲解化，我今又神荡矣！

莎翁尝言，事汝不尝强聒汝客以所恋之誉，汝意未纯，我今欲赋月美以证我恋。慧，汝每讽我以神经逾分之词来相颂汝。然汝当知，苟我不尝因意恋而感神明，则我爱良不足数；我唯从汝纯美的人格中，得窥神圣之奥义，得起悟神禁之境界，故我不得不神汝而圣汝，非滥文字以为夸也。慧乎，汝永为九天明烛，照我入信仰之门！况人道之粹即是神经，神经固人类应有之德，世之猥俗，正生教育习惯之惨堙圣源，汝精神身体之皎洁神明，正不让前峰满月。慧，汝当知吾言之非过誉也。

请为汝颂月：与其谓日为美之象，不如称之为慈悲之征。吾国诗人莫不咏月，然皆止于写态绘形而无深切之同情。唯唐诗今夜月明人尽望，不知秋思在谁家韵味俱长，可谓随手捡得之宝石。盖月之秘，月之美，月之人道，正在其慨锡慈辉，慰旅人之倦，慰夜莺之寂，慰倚阑啜泣之少女，慰石间独秀之野花，时或轻披帘幕，俯吻眠熟之婴孩，河边沉思之诗人，时或仰天默祷明辉照泪，粲若露珠，天真纯洁之孩童，见天上疾驶之圆艇而啼求焉，而展腴白之小手，以搂清光于怀以示爱焉；此月之秘，此月之美，此月之人道，月之慈悲之效也。我因而每见明月愈不能自折其悲，不能自制其泪，然悲怀益深，泪落益多，而得慰，得灵魂之安慰，亦愈深且多。慧，汝最知此秘，吾不尝谓汝毋愿我泣，泣实慰我。

美哉月！此圆此洁，此自由自在惠地不疑，行大无碍。美哉神话！

此高主婆娑者非玉桂乎，此瞿瞿欲动者非嫦娥之蟾乎，兔乎，彼捣玄霜者，何其春之迂徐，广寒之宫禁，何常靳而不启？慧，然汝喜科学，问言天文者月何似，使即量镜而望月则向之婆娑者今坼侈为谷骸，为岩髅，向之灵动者今僵寂如石沟如败椽，向妩媚流盼如少女，今皱颓丑首如老妇，予我慰使我爱者今骇我视惑我思，向之神秘，向之美，今变为科学之事实，幻象消而美秘俱逝。以此视焚琴煮鹤，其煞风景为何似？慧，设汝有择于真灵之间，汝将焉取？虽然，科学何足以知月，量镜何足以知月，唯见事物之灵者，乃见其真，故讶月之秘之美，而月之真已全，汝不知开慈之——Endymion，全诗实一月赋，证美而真目显，宇宙间有途程，理暗之捷之所不能行，独直觉之灵翼乃得突击而过者，此其一也。开慈之言曰："我年益长，月之和丽我情热者亦益切；汝犹深谷，汝独山巅，汝犹圣贤之慧笔，诗人之琴，知己之声音，中天之日；汝犹大口，犹凯得之光荣；汝犹我临阵之鼓角，之战驹，我承美酒之古爵，最高明之勋业；汝犹妇人之媚，汝可爱之明月！"

选自《文学旬刊》1924 年 4 月 1 日

泰戈尔

我有几句话想趁这个机会对诸君讲，不知道你们有没有耐心听。泰戈尔先生快走了，在几天内他就离别北京，在一两个星期内他就告辞中国。他这一去大约是不会再来的了。也许他永远不能再到中国。

他是六七十岁的老人，他非但身体不强健，他并且是有病的。去年秋天他还发了一次很重的骨痛热病。所以他要到中国来，不但他的家属，他的亲戚朋友，他的医生，都不愿意他冒险，就是他欧洲的朋友，比如法国的罗曼·罗兰，也都有信去劝阻他。他自己也曾经踌躇了好久，他心里常常盘算他如其到中国来，他究竟能不能够给我们好处，他想中国人自有他们的诗人，思想家，教育家，他们有他们的智慧，天才，心智的财富与营养，他们更用不着外来的补助与戟刺，我只是一个诗人，我没有宗教家的福音，没有哲学家的理论，更没有科学家实利的效用，或是工程师建设的才能，他们要我去做什么，我自己又为什么要去，我有什么礼物带去满足他们的盼望！他真的很觉得迟疑，所以他延迟了他的行期。但是他也对我们说到冬天完了，春风吹动的时候（印度的春风比我们的吹得早），他不由地感觉了一种内迫的冲动，他面对着逐渐滋长的青草与鲜花，不由地抛弃了，忘却了他应尽的职务，不由地解放了他的歌唱的本能，和着新来的鸣雀，在柔软的南风中开怀的讴吟，同时他收到我们催请的信，我们青年盼望他的诚意与热心，唤起了老人的勇气。他立即定夺了他东来的决心。他说趁我暮年的肢体不曾僵透，趁我衰老的心灵还能感受，决不可错过这最后唯一的机会，这博大，从容，礼让的民族，我幼年时便发心朝拜，与其将来在黄昏寂静的境界中萎衰的惆怅，何如利用这夕阳未瞑时的光芒，了却我晋香人的心愿？

他所以决意地东来，他不顾亲友的劝阻，医生的警告，不顾他自身的高年与病体，他也撇开了在本国一切的任务，跋涉了万里的海程，他来到了中国。

自从四月十二在上海登岸以来，可怜老人不曾有过一半天完整的休息，旅行的劳顿不必说，单就公开的演讲以及较小集会时的谈话，至少也有了三四十次！他的，我们知道，不是教授们的讲义，不是教士们的讲道，他的心府不是堆积货品的栈房，他的辞令不是教科书的喇叭。他是灵活的泉水，一颗颗颤动的圆珠从他心里兢兢地泛登水面，都是生命的精液；他是瀑布的吼声，在白云间，青林中，石罅里，不住地啸响；他是百灵的歌声，他的欢欣、愤慨，响亮的谐音，弥漫在无际的晴空。但是他是倦了，终夜的狂歌已经耗尽了子规的精力，东方的曙色亦照出她点点的心血，染红了蔷薇枝上的白露。

老人是疲乏了。这几天他睡眠也不得安宁。他已经透支了他有限的精力。他差不多是靠散拿吐瑾过日的，他不由地不感觉风尘的厌倦，他时常想念他少年时在恒河边沿拍浮的清福，他想望椰树的清荫与曼果的甜瓤。

但他还不仅是身体的惫劳，他也感觉心境的不舒畅。这是很不幸的。我们做主人的只是深深的负歉。他这次来华，不为游历，不为政治，更不为私人的利益，他熬着高年，冒着病体，抛弃自身的事业，备尝行旅的辛苦，他究竟为的是什么？他为的只是一点看不见的情感。说远一点，他的使命是在修补中国与印度两民族间中断千余年的桥梁，说近一点，他只想感召我们青年真挚的同情。因为他是信仰生命的，他是尊崇青年的，他是歌颂青春与清晨的，他永远指点着前途的光明。悲悯是当初释迦牟尼证果的动机，悲悯也是泰戈尔先生不辞艰苦的动机。现代的文明只是骇人的浪费，贪淫与残暴，自私与自大，相猜与相忌，飓风似的倾覆了人道的平衡，产生了巨大的毁灭。芜秽的心田里只是误解的蔓草，毒害同情的种子，更没有收成的希冀。在这个荒惨的境地里，难得有少数的丈夫，不怕阻难，不自馁怯，肩上扛着铲除误解的大锄，口袋里满装着新鲜人道的种子，不问天时是阴是雨是晴，不问是早晨是黄昏是黑夜，他只是努力地工作，清理一方泥土，施殖一方生命，同时口唱着嘹亮的新歌，鼓舞在黑暗中将次透露的萌芽。泰戈尔先生就是这少数中的一个。他是来广布同情的，他是来消除成见的。我们亲眼见过他慈祥的阳春似的表情，亲耳听过他从心灵底里迸裂出的大声，我想只要我们的良心不曾受恶毒的烟煤熏黑，或是被恶浊的偏见污抹，谁不曾感觉他至诚的力量，魔术似的，为我们生命的前途开辟了一个神奇的境界，燃点了理想的光明？所以我们也懂得他的深刻的懊怅与失望，如其他知道部分的青年不但不能容纳他的灵感，并且成心地诬毁他的热忱。我们固然奖励思想的独立，但我们决不敢附和误解的自由。他生平最满意的成绩就在他永远能得青年的同情，不论在德国，在丹麦，在美国，在日本，青年永远是他最忠心的朋友。他也曾经遭受种种的误解与攻击，政府的猜疑与报纸的诬毁与守旧派的讥评，不论如何的谬妄与剧烈，从不曾扰动他优容的大量，他的希望，他的信仰，他的爱心，他的至诚，完全地托付青年。我的须，我的发是白的，但我的心却永远是青的，他常常地对我们说，只要青年是我的知己，我理想的将来就有着落，我乐观的明灯永远不致黯淡。他不能相信纯洁的青年也会坠落在怀疑，猜忌，卑琐的泥溷。他更不能信中国遭受意外的待遇。他很不自在。他很感觉异样的怆心。

因此精神的懊丧更加重他躯体的倦劳。他差不多是病了。我们当然很焦急地期望他的健康，但他再没有心境继续他的讲演。我们恐怕今天就是他在北京公开讲演最后的一个机会。他有休养的必要。我们也决不忍再使他耗费他有限的精力。他不久又有长途的跋涉，他不能不有三四天完全的养息，所以从今天起，所有已经约定的会集，公开与私人的，一概撤消，他今天就出城去静养。

我们关切他的一定可以原谅，就是一小部分不愿意他来作客的诸君也可以自喜战略的成功。他是病了，他在北京不再开口了，他快走了，他从此不再来了。但是同学们，我们也得平心地想想，老人到底有什么罪，他有什么负心，他有什么不可容赦的犯案？公道是死了吗，为什么听不见你的声音？

他们说他是守旧，说他是顽固。我们能相信吗？他们说他是“太迟”，说他是“不合时宜”，我们能相信吗？他自己是不能信，真的不能信。他说这一定是滑稽家的反调。他一生所遭逢的批评只是太新，太早，太急进，太激烈，太革命的，太理想的，他六十年的生涯只是不断的奋斗与冲锋，他现在还只是冲锋与奋斗。但是他们说他是守旧，太迟，太老。他顽固奋斗的对象只是暴烈主义，资本主义，帝国主义，武力主义，杀灭性灵的物质主义；他主张的只是创造的生活，心灵的自由，国际的和平，教育的改造，普爱的实现。但他们说他是帝国政策的间谍，资本主义的助力，亡国奴族的流民，提倡裹脚的狂人！肮脏是在我们的政策与暴徒的心里，与我们的诗人又有什么关连？昏乱是在我们冒名的学者与文人的脑里，与我们的诗人又有什么亲属？我们何妨说太阳是黑的，我们何妨说苍蝇是真理？同学们，听信我的话，像他的这样伟大的声音我们也许一辈子再不会听着的人。留神目前的机会，预防将来的惆怅！他的人格我们只能到历史上去搜寻比拟。他的博大的温柔的灵魂我敢说永远是人类记忆里的一次灵迹。他的无边际的想象与辽阔的同情使我们想起惠德曼；他的博爱的福音与宣传的热心使我们记起托尔斯泰；他的坚韧的意志与艺术的天才使我们想起造摩西像的密仡郎其罗；他的诙谐与智慧使我们想象当年的苏格拉底与老聃；他的人格的和谐与优美使我们想念暮年的歌德；他的慈祥的纯爱的抚摩，他的为人道不厌的努力，他的磅礴的大声，有时竟使我们唤起救主的心像；他的光彩，他的音乐，他的雄伟，使我们想念奥林匹克山顶的大神。他是不可侵凌的，不可逾越的，他是自然界的一个神秘的现象。他是三春和暖的南风，惊醒树枝上的新芽，增添处女颊上的红晕。他是普照的阳光。他是一派浩瀚的大水，来从不可追寻的渊源，在大地的怀抱中终古地流着，不息地流着，我们只是两岸的居民，凭借这慈恩的天赋，灌溉我们的田稻，苏解我们的消渴，洗净我们的污垢。他是喜马拉雅积雪的山峰，一般的崇高，一般的纯洁，一般的壮丽，一般的高傲，只有无限的青天枕藉他银白的头颅。

人格是一个不可错误的实在，荒歉是一件大事，但我们是饿惯了的，只认鸠形与鹄面是人生本来的面目，永远忘却了真健康的颜色与彩泽。标准的低降是一处可耻的堕落；我们只是踞坐在井底的青蛙。但我们更没有怀疑的余地。我们也许揣详东方的初白，却不能非议中天的太阳。我们也许见惯了阴霾的天时，不耐这热烈的光焰，消散天空的云雾，暴露地面的荒芜，但同时在我们心灵的深处，我们岂不也感觉一个新鲜的影响，催促我们生命的跳动，唤醒潜在的想望，仿佛是武士望见了前峰烽烟的信号，更不踌躇地奋勇前向？只有接近了这样超轶的纯粹的丈夫，这样不可错误的实在，我们方始相形地自愧我们的口不够阔大，我们的嗓音不够响亮，我们的呼吸不够深长，我们的信仰不够坚定，我们的理想不够莹澈，我们的自由不够磅礴，我们的语言不够明白，我们的情感不够热烈，我们的努力不够勇猛，我们的资本不够充实……

我自信我不是恣滥不切事理的崇拜，我如其曾经应用浓烈的文字，这是因为我不能自制我浓烈的感想。但我最急切要声明的是，我们的诗人，虽则常常招受神秘的徽号，在事实上却是最清明，最有趣，最诙谐，最不神秘的生灵。他是最通达人情，最近人情的。我盼望有机会追写他日常的生活与谈话。如其我是犯嫌疑的，如其我也是性近神秘的（有好多朋友这么说），你们还有适之先生的见证，他也说他是最可爱最可亲的个人；我们可以相信适之先生绝对没有“性近神秘”的嫌疑！所以无论他怎样的伟大与深厚，我们的诗人还只是有骨有血的人，不是野人，也不是天神。唯其是人，尤其是最富情感的人，所以他到处要求人道的温暖与安慰，他尤其要我们中国青年的同情与情爱。他已经为我们尽了责任，我们不应，更不忍辜负他的期望。同学们，爱你的爱，崇拜你的崇拜，是人情不是罪孽，是勇敢不是懦怯。

十二日在真光讲

选自《晨报副刊》1924年5月19日

守旧与“玩”旧

一

走路有两个法子：一个是跟前面人走，信任他是认识路的；一个是走自己的路，相信你自己有能力认识路的。谨慎的人往往太不信任他自己；有胆量的人往往过分信任他自己。为便利计，我们不妨把第一种办法叫作古典派或旧派，第二种办法叫作浪漫派或新派。在文学上，在艺术上，在一般思想上，在一般做人的态度上，我们都可以看出这样一个分别。这两种办法的本身，在我看来，并没有什么好坏，这只是个先天性情上或后天嗜好上一个区别；你也许夸他自己寻路的有勇气，但同时有人骂他狂妄；你也许骂跟在人家背后的人寒伧，但同时就有人夸他稳健。应得留神的就只一点：就只那个“信”字是少不得的，古典派或旧派就得相信——完全相信——领他路的那个人是对的，浪漫派或新派就得相信——完全相信——他自己是对的。没有这点子原始的信心，不论你跟人走，或是你自己领自己，走出道理来的机会就不见得多，因为你随时有叫你心里的怀疑打断兴会的可能；并且即使你走着了也不算希奇，因为那是碰巧，与打中白鸽票的差不多。

二

在思想上抱住古代直下来的几根大柱子的，我们叫作旧派。这手势本身并不怎样的可笑，但我们却盼望他自己确凿地信得过那几条柱子是不会倒的。并且我们不妨进一步假定上代传下来的确有几根靠得住的柱子，随你叫它纲，叫它常，礼或是教，爱什么就什么，但同时因为在事实上有了真的便有假的，那几根真靠得住的柱子的中间就夹着了加倍加倍的幻柱子，不生根的，靠不住的，假的，你要是抱错了柱子，把假的认作真的，结果你就不免《伊索寓言》里那条笨狗的命运：他把肉骨头在水里的影子认是真的，差一点叫水淹了它的狗命。但就是那狗，虽则笨，虽则可笑，至少还有它诚实的德性：它的确相信那河里的骨头影子是一条真骨头。假如，譬方说，伊索那条狗曾经受过现代文明教育，那就是说学会了骗人上当。明知道水里的不是真骨头，却偏偏装出正经而且大量的样子，示意与他一同站在桥上的狗朋友们，他们碰巧是不受教育的，因此容易上人当，叫他们跳下水去吃肉骨头影子，它自己倒反站在旁边看趣剧作乐，那时我们对它的举动能否拍掌，对它的态度与存心能否容许？

三

寓言是给有想象力并且有天生幽默的人们看的，它内中的比喻是“不伤道”的；在寓言与童话里——我们竟不妨加一句在事实上——就有许多畜生比普通人们——如其我们没有一个时候忘得了人是宇宙的中心与一切标准——更有道德，更诚实，更有义气，更有趣味，更像人——

四

上面说完了原则，使用了比方，现在要应用了。在应用之先，我得介绍我说这番话的缘由。“孤桐”在他的《再疏解义》——《甲寅周刊》第十七期——里有下面几节文章——

……凡一社会能同维秩序，各长养子孙，利害不同，而游刃有余，贤不肖浑殽而无过不及之大差，雍容演化，即于繁祉，共游一藩，不为天下裂，必有共同信念以为之基，基立而构兴，则相与饮食焉，男女焉，教化焉，事为焉，途虽万殊，要归于一者也。兹信念者，亦期于有而已，固不必持绝对之念，本逻辑之律，以绳其为善为恶，或衷于理与否也。……（圈是原有的也是我要特加的——摩。）

……此诚世道之大忧，而深识怀仁之士所难熟视无睹者也。笃而论之，如耶教者，其罅陋焉得言无；然天下之大，大抵上智少而中才多，宇宙之谜，既未可以尽明，因葆其不可明者，养人敬畏之心，取使彝伦之叙，乃为忧世者意念之所必至，故神道设教，圣人不得已而为之，故不容于其义理，详加论议也。

……过此以往，稍稍还醇返璞，乃情势之所必然；此为群化消长之常，甲无所谓退化，乙亦无所谓退化，与愚曩举释义，盖有合焉。夫吾国亦苦社会共同信念之摇落也甚矣，旧者悉毁而新者未生，后生徒恃己意所能判断者，自立准裁，大道之忧，孰甚于是，愚为此惧。论人怀己，趣申本义，昧时之讥，所不敢辞。

五

孤桐这次论的是美国田芮西州新近宣传的那件大案；与他的“释义有合”的是判决那案件的法官们所代表的态度，就是特举地说，不承认我们人的祖宗与猴子的祖宗是同源的，因为《圣经》上不是这么说，并且这是最污辱人类尊严的一种邪说。关于孤桐先生论这件事的批评，我这里暂且不管，虽则我盼望有人管，因为他那文里叙述兼论断的一段话并不给我们对于任何一造有真切了解的印象。我现在要管的是孤桐在这篇文章里泄露给我们他自己思想的基本态度。

自分是“根器浅薄之流”，我向来不敢对现代“思想界的威权者”的思想存挑战的妄念，甲寅记者先生的议论与主张，就我见得到看得懂的说，很多是我不敢苟同的，但我这一晌只是忍着不说话。

同时我对于现代言论界里有孤桐这样一位人物的事实，我到如今为止，认为不仅有趣味，而且值得欢迎的。因为在事实上得着得力的朋友固然不是偶然；寻着相当的敌手也是极难得的机会。前几年的所谓新思潮只是在无抵抗性的空间里流着；这不是“新人们”的幸运，这应分是他们的悲哀。因为打架大部分的乐趣，认真地说，就在与你相当的对敌切实较量身手的事实里：你揪他的头发，他回揪你的头毛，你腾空再去扼他的咽喉，制他的死命，那才是引起你酣兴的办法；这暴烈的冲突是快乐，假如你的力量都花在无反应性的空气里，那有什么意思？早年国内旧派的思想太没有它的保护人了，太没有战斗的准备，退让得太荒谬了；林琴南只比了一个手势就叫敌营的叫嚣吓了回去。新派的拳头始终不曾打着重实的对象；我个人一时间还猜想旧派竟许永远不会有对垒的能耐。但是不，《甲寅周刊》出世了，它那势力，至少就销数论，似乎超过了现在任何同性质的期刊物。我于孤桐一向就存十二分的敬意的，虽则明知在思想上他与我——如其我配与他对称这一次——完全是不同道的。我敬仰他因为他是个合格敌人。在他身上，我常常想，我们至少认识了一个不苟且，负责任的作者。在他的文字里，我们至少看着了旧派思想部分的表现。有组织的根据论辩的表现。有肉有筋有骨的拳头，不再是林琴南一流棉花般的拳头了；在他的思想里，我们看了一个中国传统精神的秉承者，牢牢地抱住几条大纲，几则经义，决心在“邪说横行”的时代里替往古争回一个地盘；在他严刻的批评里新派觉悟了许多一向不曾省察到的虚陷与弱点。不，我们没有权利，没有推托，来蔑视这样一个认真的敌人，我常常这么想，即使我们有时在他卖弄他的整套家数时，看出不少可笑的台步与累赘的空架。每回我想着了安诺尔德说牛津是“败绩的主义的老家”，我便想象到一轮同样自傲的彩晕围绕在《甲寅周刊》的头顶；这一比量下来，我们这方倚仗人多的势力倒反吃了一个幽默上的亏输！不，假如我的祈祷有效力时，我第一就希冀《甲寅周刊》所代表的精神“亿万斯年”！

六

因为两极端往往有碰头的可能。在哲学上，最新的唯实主义与最老的唯心主义发现了彼此是紧邻的密切；在文学上，最极端的浪漫派作家往往暗合古典派的模型；在一般思想上，最激进的也往往与最保守的有联合防御的时候。这不是偶然；这里面有深刻的消息。“时代有不同”，诗人勃兰克说，“但天才永远站在时代的上面”。“运动有不同”，英国一个艺术批评家说，“但传统精神是绵延的”。正因为所有思想最后的目的就在发见根本的评价标源，最浪漫（那就是最向个性里来）的心灵的冒险往往只是发见真理的一个新式的方式，虽则它那本质与最旧的方式所包容的不能有可称量的分别。一个时代的特征，虽则有，毕竟是暂时的，浮面的；这只是大海里波浪的动荡，它那渊深的本体是不受影响的；只要你有胆量与力量没透这时代的掀涌的上层你就淹入了静定的传统的底质，要能探险得到这变的底里的不变，那才是攫着了骊龙的颔下珠，那才是勇敢的思想者最后的荣耀。旧派人不离口的那个“道”字，依我浅见，应从这样的讲法，才说得通，说得懂。

七

孤桐这回还有顶谨慎地捧出他的“大道”的字样来作他文章的后镇——“大道之忧，孰甚于是？”但是这回我自认我对于孤桐，不仅他的大道，并且他思想的基本态度，根本的失望了！而且这失望在我是一种深刻的幻灭的苦痛。美丽的安琪儿的腿，这样看来，原来是泥做的！请看下文。

我举发孤桐先生思想上没有基本信念。我再重复我上面引语加圈的几句：“……兹信念者亦期于有而已，固不必持绝对之念，本逻辑之律，以绳其为善为恶，或衷于理与否也。”所有唯心主义或理想主义的力量与灵感，就在肯定它那基本信念的绝对性；历史上所有殉道殉教殉主义的往例，无非那几个个人在确信他们那信仰的绝对性的真切，与热奋中他们的考量便完全超轶了小己的利益观念，欣欣地为他们各人心目中特定的“恋爱”上十字架，进火焰，登断头台，服毒剂，尝刃锋，假如他们——不论是耶稣，是圣保罗，是贞德，勃罗诺，罗兰夫人，或是甚到苏格腊底斯——假如他们各个人当初曾经有刹那间会悟到孤桐的达观：“固不必持绝对之念”；那在他们就等于彻底的怀疑，如何还能有勇气来完成他们各人的使命？

但孤桐已经自认他只是一个“实际政家”，他的职司，用他自己的辞令，是在“操剥复之机，妙调和之用”。这来我们其实“又何能深怪？”上当是我们自己。“我的腿是泥塑的。”安琪儿自己在那里说，本来用不着我们去发见。一个“实际政家”往往就是一个“投机政家”，正因他所见的只是当时与暂时的利害，在他的口里与笔下，一切主义与原则都失却了根本的与绝对的意义与价值，却只是为某种特定作用而姑妄言之的一套，背后本来没有什么思想的诚实，面前也没有什么理想的光彩。“作者手里的题目，”阿诺尔德说，“如其没有贯彻他的，他一定做不好：谁要不能独立的运思，他就不会被一个题目所贯彻。”（Matthew Arnold： Preface to Merope）[①]如今在孤桐的文章里，我们凭良心说，能否寻出些微“贯彻”的痕迹，能否发见些微思想的独立？

八

一个自己没有基本信仰的人，不论他是新是旧，不但没权利充任思想的领袖，并且不能在思想界里占任何的位置；正因为思想本身是独立的，纯粹性的，不含任何作用的，他那动机，我前面说过，是在重新审定，劈去时代的浮动性，一切评价的标准，与孤桐所谓“第二者”（即实际政家）之用心：“操剥复之机，妙调和之用。”根本没有关连，一个“实际政家”的言论只能当作一个“实际政家”的言论看；他所浮泅的地域，只在时代浮动性的上层！他的维新，如其他是维新，并不是根基于独见的信念，为的只是实际的便利；他的守旧，如其他是守旧，他也不是根基于传统精神的贯彻，为的也只是实际的便利。这样一个人的态度实际上说不上“维”，也说不上“守”，他只是“玩”！一个人的弊病往往是在夸张过分；一个“实际政家”也自有他的地位，自有他言论的领域，他就不该侵入纯粹思想的范围，他尤其不该指着他自己明知是不定靠得住的柱子说“这是靠得住的，你们尽管抱去”，或是——再引喻伊索的狗——明知水里的肉骨头是虚影——因为他自己没有信念——却还怂恿桥上的狗友去跳水，那时他的态度与存心，我想，我们决不能轻易容许了吧！

选自《落叶》

---

①马休·阿诺尔德：《〈梅罗珀〉的前言》。马休·阿诺尔德（1822—1888），维多利亚时代的诗人和评论家，《梅罗珀》是其所著的一部悲剧。

海滩上种花

朋友是一种奢华：且不说酒肉势利，那是说不上朋友，真朋友是相知，但相知谈何容易，你要打开人家的心，你先得打开你自己的，你要在你的心里容纳人家的心，你先得把你的心推放到人家的心里去：这真心或真性情的相互的流转，是朋友的秘密，是朋友的快乐。但这是说你内心的力量够得到，性灵的活动有富余，可以随时开放，随时往外流，像山里的泉水，流向容得住你的同情的沟槽；有时你得冒险，你得花本钱，你得抵拼在巉岈的乱石间，触刺的草缝里耐心地寻路，那时候艰难，苦痛，消耗，在在是可能的，在你这水一般灵动，水一般柔顺的寻求同情的心能找到平安欣快以前。

我所以说朋友是奢华；“相知”是宝贝，但得拿真性情的血本去换，去拼。因此我不敢轻易说话，因为我自己知道我的来源有限，十分的谨慎尚且不时有破产的恐惧；我不能随便“花”。前天有几位小朋友来邀我跟你们讲话，他们的恳切折服了我，使我不得不从命，但是小朋友们，说也惭愧，我拿什么来给你们呢？

我最先想来对你们说些孩子话，因为你们都还是孩子。但是那孩子的我到哪里去了？仿佛昨天我还是个孩子，今天不知怎的就变了样。什么是孩子？要不为一点活泼的天真，但天真就比是泥土里的嫩芽，天冷泥土硬就压住了它的生机——这年头问谁去要和暖的春风？

孩子是没了。你记得的只是一个不清切的影子，模糊得紧，我这时候想起就像是一个瞎子追念他自己的容貌，一样的记不周全；他即使想急了拿一双手到脸上去印下一个模子来，那模子也是个死的。

真的没了。一天在公园里见一个小朋友不提多么活动，一忽儿上山，一忽儿爬树，一忽儿溜冰，一忽儿干草里打滚，要不然就跳着憨笑；我看着羡慕，也想学样，跟他一起玩，但是不能，我是一个大人，身上穿着长袍，心里存着体面，怕招人笑，天生的灵活换来矜持的存心——孩子，孩子是没有的了，有的只是一个年岁与教育蛀空了的躯壳，死僵僵的，不自然的。

我又想找回我们天性里的野人来对你们说话。因为野人也是接近自然的；我前几年过印度时得到极刻心的感想，那里的街道房屋以及土人的体肤容貌，生活的习惯，虽则简，虽则陋，虽则不夸张，却处处与大自然——上面碧蓝的天，火热的阳光，地下焦黄的泥土，高矗的椰树——相调谐，情调，色彩，结构，看来有一种意义的一致，就比是一件完美的艺术的作品。也不知怎的，那天看了他们的街，街上的牛车，赶车的老头露着他的赤光的头颅与紫姜色的圆肚，他们的庙，庙里的圣像与神座前的花，我心里只是不自在，就仿佛这情景是一个熟悉的声音的叫唤，叫你去跟着他，你的灵魂也何尝不活跳跳地想答应一声“好，我来了”，但是不能，又有碍路的挡着你，不许你回复这叫唤声启示给你的自由。困着你的是你的教育；我那时的难受就比是一条蛇摆脱不了困住他的一个硬性的外壳——野人也给压住了，永远出不来。

所以今天站在你们上面的我不再是融会自然的野人，也不是天机活灵的孩子：我只是一个“文明人”，我能说的只是“文明话”。但什么是文明只是堕落？文明人的心里只是种种虚荣的念头，他到处忙不算，到处都得计较成败。我怎么能对着你们不感觉惭愧？不了解自然不仅是我的心，我的话也是的。并且我即使有话说也没法表现，即使有思想也不能使你们了解；内里那点子性灵就比是在一座石壁里牢牢地砌住，一丝光亮都不透，就凭这双眼望见你们，但有什么法子可以传达我的意思给你们，我已经忘却了原来的语言，还有什么话可说的？

但我的小朋友们还是逼着我来说谎（没有话说而勉强说话便是谎）。知识，我不能给；要知识你们得请教教育家去，我这里是没有的。智慧，更没有了：智慧是地狱里的花果，能进地狱更能出地狱的才采得着智慧，不去地狱的便没有智慧——我是没有的。

我正发窘的时候，来了一个救星——就是我手里这一小幅画，等我来讲道理给你们听。这张画是我的拜年片，一个朋友替我制的。你们看这个小孩子在海边沙滩上独自地玩，赤脚穿着草鞋，右手提着一枝花，使劲把它往沙里栽，左手提着一把浇花的水壶，壶里水点一滴滴地往下掉着。离着小孩不远看得见海里翻动着的波澜。

你们看出了这画的意思没有？

在海砂里种花。在海砂里种花！那小孩这一番种花的热心怕是白费的了。砂碛是养不活鲜花的，这几点淡水是不能帮忙的；也许等不到小孩转身，这一朵小花已经支不住阳光的逼迫，就得交卸他有限的生命，枯萎了去。况且那海水的浪头也快打过来了，海浪冲来时不说这朵小小的花，就是大根的树也怕站不住——所以这花落在海边上是绝望的了，小孩这番力量准是白花的了。

你们一定很能明白这个意思。我的朋友是很聪明的，他拿这画意来比我们一群呆子，乐意在白天里做梦的呆子，满心想在海砂里种花的傻子。画里的小孩拿着有限的几滴淡水想维持花的生命，我们一群梦人也想在现在比沙漠还要干枯比沙滩更没有生命的社会里，凭着最有限的力量，想下几颗文艺与思想的种子，这不是一样的绝望，一样的傻？想在海砂里种花，想在海砂里种花，多可笑呀！但我的聪明的朋友说，这幅小小画里的意思还不止此；讽刺不是她的目的。她要我们更深一层看。在我们看来海砂里种花是傻气，但在那小孩自己却不觉得。他的思想是单纯的，他的信仰也是单纯的。他知道的是什么？他知道花是可爱的，可爱的东西应得帮助他发长；他平常看见花草都是从地土里长出来的，他看来海砂也只是地，为什么海砂里不能长花他没有想到，也不必想到，他就知道拿花来栽，拿水去浇，只要那花在地上站直了他就欢喜，他就乐，他就会跳他的跳，唱他的唱，来赞美这美丽的生命，以后怎么样，海砂的性质，花的运命，他全管不着！我们知道小孩们怎样的崇拜自然，他的身体虽则小，他的灵魂却是大着，他的衣服也许脏，他的心可是洁净的。这里还有一幅画，这是自然的崇拜，你们看这孩子在月光下跪着拜一朵低头的百合花，这时候他的心与月光一般的清洁，与花一般的美丽，与夜一般的安静。我们可以知道到海边上来种花那孩子的思想与这月下拜花的孩子的思想会得跪下的——单纯，清洁。我们可以想象那一个孩子把花栽好了也是一样来对着花膜拜祈祷——他能把花暂时栽了起来便是他的成功，此外以后怎么样不是他的事情了。

你们看这个象征不仅美，并且有力量；因为它告诉我们单纯的信心是创作的泉源——这单纯的烂漫的天真是最永久最有力量的东西，阳光烧不焦他，狂风吹不倒他，海水冲不了他，黑暗掩不了他——地面上的花朵有被摧残有消灭的时候，但小孩爱花种花这一点："真"却有的是永久的生命。

我们来放远一点看，我们现有的文化只是人类在历史上努力与牺牲的成绩。为什么人们肯努力肯牺牲？因为他们有天生的信心；他们的灵魂认识什么是真什么是善什么是美，虽则他们的肉体与智识有时候会诱惑他们反着方向走路；但只是他们认明一件事情是有永久价值的时候，他们就自然地会得兴奋，不期然地自己牺牲，要在这忽忽变动的声色的世界里，赎出几个永久不变的原则的凭证来。耶稣为什么不怕上十字架？密尔顿何以瞎了眼还要做诗，贝多芬何以聋了还要制音乐，密佗郎其罗为什么肯积受几个月的潮湿不顾自己的皮肉与靴子连成一片地用心思，为的只是要解决一个小小的美术问题？为什么永远有人到冰洋尽头雪山顶上去探险？为什么科学家肯在显微镜底下或是数目字中间研究一般人眼看不到心想不通的道理消磨他一生的光阴？

为的是这些人道的英雄都有他们不可摇动的信心；像我们在海砂里种花的孩子一样，他们的思想是单纯的——宗教家为善的原则牺牲，科学家为真的原则牺牲，艺术家为美的原则牺牲——这一切牺牲的结果便是我们现有的有限的文化。

你们想想在这地面上做事难道还不是一样的傻气——这地面还不与海砂一样不容你生根；在这里的事业还不是与鲜花一样的娇嫩？——潮水过来可以冲掉，狂风吹来可以折坏，阳光晒来可以熏焦我们小孩子手里拿着往砂里栽的鲜花，同样的，我们文化的全体还不一样有随时可以冲掉折坏熏焦的可能吗？巴比伦的文明现在哪里？庞贝城曾经在地下埋过千百年，克利脱的文明直到最近五六十年间才完全发见。并且有时一件事实体的存在并不能证明他生命的继续。这区区地球的本体就有一千万个毁灭的可能。人们怕死不错，我们怕死人，但最可怕的不是死的死人，是活的死人，单有躯壳生命没有灵性生活是莫大的悲惨；文化也有这种情形，死的文化倒也罢了，最可怜的是勉强喘着气的半死的文化。你们如其问我要例子，我就不迟疑地回答你说，朋友们，贵国的文化便是一个喘着气的活死人！时候已经很久的了，自从我们最后的几个祖宗为了不变的原则牺牲他们的呼吸与血液，为了不死的生命牺牲他们有限的存在，为了单纯的信心遭受当时人的讪笑与侮辱。自从我们最后听见普遍的声音像潮水似的充满着地面，自从我们最后看见强烈的光明像彗星似的扫过地面。时候已经很久的了，自从我们最后为某种主义流过火热的鲜血，自从我们的骨髓里有胆量，我们的说话里有分量。这是一个极伤心的反省！我真不知道这时代犯了什么不可赦的大罪，上帝竟狠心地赏给我们这样恶毒的刑罚？你看看这年头到哪里去找一个完全的男子或是一个完全的女子——你们去看去，这年头哪一个男子不是阳痿，哪一个女子不是鼓胀！要形容我们现在受罪的时期，我们得发明一个比丑更丑比脏更脏比下流更下流比苟且更苟且比懦怯更懦怯的一类生字去！朋友们，真的我心里常常害怕，害怕下回东风带来的不是我们盼望中的春天，不是鲜花青草蝴蝶飞鸟，我怕他带来一个比冬天更枯槁更凄惨更寂寞的死天——因为丑陋的脸子不配穿漂亮的衣服，我们这样丑陋的变态的人心与社会凭什么权利可以问青天要阳光，问地面要青草，问飞鸟要音乐，问花朵要颜色？你问我明天天会不会放亮？我回答说我不知道，竟许不！

归根是我们失去了我们灵性努力的重心，那就是一个单纯的信仰，一点烂漫的童真！不要说到海滩去种花——我们都是聪明人谁愿意做傻瓜去——就是在你自已院子里种花你都懒怕动手哪！最可怕的怀疑的鬼与厌世的黑影已经占住了我们的灵魂！

所以朋友们，你们都是青年，都是春雷声响不会停止时破绽出来的鲜花，你们再不可堕落了——虽则陷阱的大口满张在你的跟前，你不要怕，你把你的烂漫的天真倒下去，填平了它再往前走——你们要保持那一点的信心，这里面连着来的就是精力与勇敢与灵感——你们要不怕做小傻瓜，尽量在这人道的海滩边种你的鲜花去——花也许会消灭，但这种花的精神是不烂的！

选自《落叶》

翡冷翠山居闲话

在这里出门散步去，上山或是下山，在一个晴好的五月的向晚，正像是去赴一个美的宴会，比如去一果子园，那边每株树上都是满挂着诗情最秀逸的果实，假如你单是站着看还不满意时，只要你一伸手就可以采取，可以恣尝鲜味，足够你性灵的迷醉。阳光正好暖和，决不过暖；风息是温驯的，而且往往因为它是从繁花的山林里吹度过来，它带来一股幽远的淡香，连着一息滋润的水气，摩挲着你的颜面，轻绕着你的肩腰，就这单纯的呼吸已是无穷的愉快；空气总是明净的，近谷内不生烟，远山上不起霭，那美秀风景的全部正像画片似的展露在你的眼前，供你闲暇的鉴赏。

作客山中的妙处，尤在你永不须踌躇你的服色与体态；你不妨摇曳着一头的蓬草，不妨纵容你满腮的苔藓；你爱穿什么就穿什么；扮一个牧童，扮一个渔翁，装一个农夫，装一个走江湖的吉布赛，装一个猎户；你再不必提心整理你的领结，你尽可以不用领结，给你的颈根与胸膛一半日的自由，你可以拿一条这边艳色的长巾包在你的头上，学一个太平军的头目，或是拜伦那埃及装的姿态；但最要紧的是穿上你最旧的旧鞋，别管他模样不佳，他们是顶可爱的好友，他们承着你的体重却不叫你记起你还有一双脚在你的底下。

这样的玩顶好是不要约伴，我竟想严格地取缔，只许你独身；因为有了伴多少总得叫你分心，尤其是年轻的女伴，那是最危险最专制不过的旅伴，你应得躲避她像你躲避青草里一条美丽的花蛇！平常我们从自己家里走到朋友的家里，或是我们执事的地方，那无非是在同一个大牢里从一间狱室移到另一间狱室去，拘束永远跟着我们，自由永远寻不到我们；但在这春夏间美秀的山中或乡间你要是有机会独身闲逛时，那才是你福星高照的时候，那才是你实际领受，亲口尝味，自由与自在的时候，那才是你肉体与灵魂行动一致的时候；朋友们，我们多长一岁年纪往往只是加重我们头上的枷，加紧我们脚胫上的链，我们见小孩子在草里在沙堆里在浅水里打滚作乐，或是看见小猫追他自己的尾巴，何尝没有羡慕的时候，但我们的枷，我们的链永远是制定我们行动的上司！所以只有你单身奔赴大自然的怀抱时，像一个裸体的小孩扑入他母亲的怀抱时，你才知道灵魂的愉快是怎样的，单是活着的快乐是怎样的，单就呼吸单就走道单就张眼看耸耳听的幸福是怎样的。因此你得严格的为己，极端的自私，只许你，体魄与性灵，与自然同在一个脉搏里跳动，同在一个音波里起伏，同在一个神奇的宇宙里自得。我们浑朴的天真是像含羞草似的娇柔，一经同伴的抵触，他就卷了起来，但在澄静的日光下，和风中，他的姿态是自然的，他的生活是无阻碍的。

你一个人漫游的时候，你就会在青草里坐地仰卧，甚至有时打滚，因为草的和暖的颜色自然地唤起你童稚的活泼；在静僻的道上你就会不自主地狂舞，看着你自己的身影幻出种种诡异的变相，因为道旁树木的阴影在他们纡徐的婆娑里暗示你舞蹈的快乐：你也会得信口地歌唱，偶尔记起断片的音调，与你自己随口的小曲，因为树林中的莺燕告诉你春光是应得赞美的；更不必说你的胸襟自然会跟着曼长的山径开拓，你的心地会看着澄蓝的天空静定，你的思想和着山壑间的水声，山罅里的泉响，有时一澄到底的清澈，有时激起成章的波动，流，流，流入凉爽的橄榄林中，流入妩媚的阿诺河去……

并且你不但不须应伴，每逢这样的游行，你也不必带书。书是理想的伴侣，但你应得带书，是在火车上，在你住处的客室里，不是在你独身漫步的时候。什么伟大的深沉的鼓舞的清明的优美的思想的根源不是可以在风籁中，云彩里，山势与地形的起伏里，花草的颜色与香息里寻得？自然是最伟大的一部书，歌德说，在他每一页的字句里我们读得最深奥的消息。并且这书上的文字是人人懂得的；阿尔帕斯与五老峰，雪西里与普陀山，莱因河与扬子江，梨梦湖与西子湖，建兰与琼花，杭州西溪的芦雪与威尼市夕照的红潮，百灵与夜莺，更不提一般黄的黄麦，一般紫的紫藤，一般青的青草同在大地上生长，同在和风中波动——他们应用的符号是永远一致的，他们的意义是永远明显的，只要你自己性灵上不长疮瘢，眼不盲，耳不塞，这无形迹的最高等教育便永远是你的名分，这不取费的最珍贵的补剂便永远供你的受用；只要你认识了这一部书，你在这世界上寂寞时便不寂寞，穷困时不穷困，苦恼时有安慰，挫折时有鼓励，软弱时有督责，迷失时有南针。

十四年七月

选自《巴黎的鳞爪》

我所知道的康桥

一

我这一生的周折，大都寻得出感情的线索。不论别的，单说求学。我到英国是为要从罗素。罗素来中国时，我已经在美国。他那不确的死耗传到的时候，我真的出眼泪不够，还做悼诗来了。他没有死，我自然高兴。我摆脱了哥仑比亚大学博士衔的引诱，买船票过大西洋，想跟这位二十世纪的福禄泰尔认真念一点书去。谁知一到英国才知道事情变样了：一为他在战时主张和平，二为他离婚，罗素叫康桥给除名了，他原来是Trinity College的fellow，这来他的fellowship也给取销了。他回英国后就在伦敦住下，夫妻两人卖文章过日子。因此我也不曾遂我从学的始愿。我在伦敦政治经济学院里混了半年，正感着闷想换路走的时候，我认识了狄更生先生。狄更生——Galsworthy Lowes Dickinson——是一个有名的作者，他的《一个中国人通信》（Letters From John Chinaman）与《一个现代聚餐谈话》（A Modern Symposium）两本小册子早得了我的景仰。我第一次会着他是在伦敦国际联盟协会席上，那天林宗孟先生演说，他做主席；第二次是宗孟寓里吃茶，有他。以后我常到他家里去。他看出我的烦闷，劝我到康桥去，他自己是王家学院（King's College）的fellow。我就写信去问两个学院，回信都说学额早满了，随后还是狄更生先生替我去在他的学院里说好了，给我一个特别生的资格，随意选科听讲。从此黑方巾黑披袍的风光也被我占着了。初起我在离康桥六英里的乡下叫沙士顿地方租了几间小屋住下，同居的有我从前的夫人张幼仪女士与郭虞裳君。每天一早我坐街车（有时自行车）上学，到晚回家。这样的生活过了一个春，但我在康桥还只是个陌生人，谁都不认识，康桥的生活，可以说完全不曾尝着，我知道的只是一个图书馆，几个课室，和三两个吃便宜饭的茶食铺子。狄更生常在伦敦或是大陆上，所以也不常见他。那年的秋季我一个人回到康桥，整整有一学年，那时我才有机会接近真正的康桥生活，同时我也慢慢地“发见”了康桥。我不曾知道过更大的愉快。

二

“单独”是一个耐寻味的现象。我有时想它是任何发见的第一个条件。你要发见你的朋友的“真”，你得有与他单独的机会。你要发见你自己的真，你得给你自己一个单独的机会。你要发见一个地方（地方一样有灵性），你也得有单独玩的机会。我们这一辈子，认真说，能认识几个人？能认识几个地方？我们都是太匆忙，太没有单独的机会。说实话，我连我的本乡都没有什么了解。康桥我要算是有相当交情的，再次许只有新认识的翡冷翠了。啊，那些清晨，那些黄昏，我一个人发痴似的在康桥！绝对的单独。

但一个人要写他最心爱的对象，不论是人是地，是多么使他为难的一个工作？你怕，你怕描坏了它，你怕说过分了恼了它，你怕说太谨慎了辜负了它。我现在想写康桥，也正是这样的心理，我不曾写，我就知道这回是写不好的——况且又是临时逼出来的事情。但我却不能不写，上期预告已经出去了。我想勉强分两节写，一是我所知道的康桥的天然景色，一是我所知道的康桥的学生生活。我今晚只能极简地写些，等以后有兴会时再补。

三

康桥的灵性全在一条河上；康河，我敢说，是全世界最秀丽的一条水。河的名是葛兰大（Granta），也有叫康河（River Cam）的，许有上下流的区别，我不甚清楚。河身多的是曲折，上游是有名的拜伦潭——“Byron’s Pool”——当年拜伦常在那里玩的；有一个老村子叫格兰骞斯德，有一个果子园，你可以躺在累累的桃李树荫下吃茶，花果会掉入你的茶杯，小雀子会到你桌上来啄食，那真是别有一番天地。这是上游，下游是从骞斯德顿下去，河面展开，那是春夏间竞舟的场所。上下河分界处有一个坝筑，水流急得很，在星光下听水声，听近村晚钟声，听河畔倦牛刍草声，是我康桥经验中最神秘的一种：大自然的优美，宁静，调谐在这星光与波光的默契中不期然地淹入了你的性灵。

但康河的精华是在它的中流，著名的“Backs”，这两岸是几个最蜚声的学院的建筑。从上面下来是Pembroke，St.Katharine’s，King’s，Clare，Trinity，St.John’s。最令人留连的一篇是克莱亚与王家学院的毗连处，克莱亚的秀丽紧邻着王家教堂（King’s Chapel）的宏伟。别的地方尽有更美更庄严的建筑，例如巴黎赛因河的罗浮宫一带，威尼斯的利阿尔多大桥的两岸，翡冷翠维基乌大桥的周遭；但康桥的“Backs”自有它的特长，这不容易用一二个状词来概括，它那脱离尽尘埃气的一种清澈秀逸的意境可说是超出了画面而化生了音乐的神味。再没有比这一群建筑更调谐更匀称的了！论画，可比的许只有柯罗（Corot）的田野；论音乐，可比的许只有萧邦（Chopin）的夜曲。就这也不能给你依稀的印象，它给你的美感简直是神灵性的一种。

假如你站在王家学院桥边的那棵大椈树荫下眺望，右侧面，隔着一大方浅草坪，是我们的校友居（Fellows Building），那年代并不早，但它的妩媚也是不可掩的，它那苍白的石壁上春夏间满缀着艳色的蔷薇在和风中摇颤，更移左是那教堂，森林似的尖阁不可浼地永远直指着天空；更左是克莱亚，啊！那不可信的玲珑的方庭，谁说这不是圣克莱亚（St.Clare）的化身，那一块石上不闪耀着她当年圣洁的精神？在克莱亚后背隐约可辨的是康桥最潢贵最骄纵的三一学院（Trinity），它那临河的图书楼上坐镇着拜伦神采惊人的雕像。

但这时你的注意早已叫克莱亚的三环洞桥魔术似的摄住。你见过西湖白堤上的西泠断桥不是？（可怜它们早已叫代表近代丑恶精神的汽车公司给铲平了，现在它们跟着苍凉的雷峰永远辞别了人间。）你忘不了那桥上斑驳的苍苔，木栅的古色，与那桥拱下泄露的湖光与山色不是？克莱亚并没有那样体面的衬托，它也不比庐山栖贤寺旁的观音桥，上瞰五老的奇峰，下临深潭与飞瀑；它只是怯怜怜的一座三环洞的小桥，它那桥洞间也只掩映着细纹的波鳞与婆娑的树影，它那桥上栉比的小穿阑与阑节顶上双双的白石球，也只是村姑子头上不夸张的香草与野花一类的装饰；但你凝神地看着，更凝神地看着，你再反省你的心境，看还有一丝屑的俗念沾滞不？只要你审美的本能不曾汩灭时，这是你的机会实现纯粹美感的神奇！

但你还得选你赏鉴的时辰。英国的天时与气候是走极端的。冬天是荒谬的坏，逢着连绵的雾盲天你一定不迟疑地甘愿进地狱本身去试试，春天（英国是几乎没有夏天的）是更荒谬得可爱，尤其是它那四五月间最渐缓最艳丽的黄昏，那才真是寸寸黄金。在康河边上过一个黄昏是一服灵魂的补剂。阿！我那时蜜甜的单独，那时蜜甜的闲暇，一晚又一晚的，只见我出神似的倚在桥阑上向西天凝望：——

看一回凝静的桥影，

数一数螺细的波纹；
我倚暖了石阑的青苔，
青苔凉透了我的心坎；……

还有几句更笨重的怎能仿佛那游丝似轻妙的情景：

难忘七月的黄昏，远树凝寂，
像墨泼的山形，衬出轻柔暝色，
密稠稠，七分鹅黄，三分橘绿，
那妙意只可去秋梦边缘捕捉……

四

这河身的两岸都是四季常青最葱翠的草坪。从校友居的楼上望去，对岸草场上，不论早晚，永远有十数匹黄牛与白马，胫蹄没在恣蔓的草丛中，从容地在咬嚼，星星的黄花在风中动荡，应和着它们尾鬃的扫拂。桥的两端有斜倚的垂柳与榈荫护住。水是澈底的清澄，深不足四尺，匀匀的长着长条的水草。这岸边的草坪又是我的爱宠，在清朝，在傍晚，我常去这天然的织锦上坐地，有时读书，有时看水；有时仰卧着看天空的行云，有时反扑着搂抱大地的温软。

但河上的风流还不止两岸的秀丽。你得买船去玩。船不止一种：有普通的双桨划船，有轻快的薄皮舟（canoe），有最别致的长形撑篙船（punt）。最末的一种是别处不常有的：约莫有二丈长，三尺宽，你站直在船梢上用长竿撑着走的。这撑是一种技术。我手脚太蠢，始终不曾学会。你初起手尝试时，容易把船身横住在河中，东颠西撞的狼狈。英国人是不轻易开口笑人的，但是小心他们不出声的皱眉！也不知有多少次河中本来优闲的秩序叫我这莽撞的外行给捣乱了。我真的始终不曾学会：每回我不服输去租船再试的时候，有一个白胡子的船家往往带讥讽地对我说："先生，这撑船费劲，天热累人，还是拿个薄皮舟溜溜吧！"我哪里肯听话，长篙子一点就把船撑了开去，结果还是把河身一段段地腰斩了去！

你站在桥上去看人家撑，那多不费劲，多美！尤其在礼拜天有几个专家的女郎，穿一身缟素衣服，裙裾在风前悠悠地飘着，戴一顶宽边的薄纱帽，帽影在水草间颤动，你看她们出桥洞时的姿态，拈起一根竟像没分量的长竿，只轻轻地，不经心地往波心里一点，身子微微的一蹲，这船身便波地转出了桥影，翠条鱼似的向前滑了去。她们那敏捷，那闲暇，那轻盈，真是值得歌咏的。

在初夏阳光渐暖时你去买一只小船，划去桥边荫下躺着念你的书或是做你的梦，槐花香在水面上飘浮，鱼群的唼喋声在你的耳边挑逗。或是在初秋的黄昏，近着新月的寒光，望上流僻静处远去。爱热闹的少年们携着他们的女友，在船沿上支着双双的东洋彩纸灯，带着话匣子，船心里用软垫铺着，也开向无人迹处去享他们的野福——谁不爱听那水底翻的音乐在静定的河上描写梦意与春光！

住惯城市的人不易知道季候的变迁。看见叶子掉知道是秋，看见叶子绿知道是春；天冷了装炉子，天热了拆炉子；脱下棉袍，换上夹袍，脱下夹袍，穿上单袍；不过如此罢了。天上星斗的消息，地下泥土里的消息，空中风吹的消息，都不关我们的事。忙着哪，这样那样事情多着，谁耐烦管星星的移转，花草的消长，风云的变幻？同时我们抱怨我们的生活，苦痛，烦闷，拘束，枯燥，谁肯承认做人是快乐？谁不多少咒诅人生？

但不满意的生活大都是由于自取的。我是一个生命的信仰者，我信生活决不是我们大多数人仅仅从自身经验推得的那样暗惨。我们的病根是在“忘本”。人是自然的产儿，就比枝头的花与鸟是自然的产儿；但我们不幸是文明人，入世深似一天，离自然远似一天。离开了泥土的花草，离开了水的鱼，能快活吗？能生存吗？从大自然，我们取得我们的生命；从大自然，我们分取得我们继续的滋养。那一株婆娑的大木没有盘错的根柢深入在无尽藏的地里？我们是永远不能独立的。有幸福是永远不离母亲抚育的孩子，有健康是永远接近自然的人们。不必一定与鹿豕游，不必一定回“洞府”去；为医治我们当前生活枯窘，只要“不完全遗忘自然”一张轻淡的药方我们的病象就有缓和的希望。在青草里打几个滚，到海水里洗几次浴，到高处去看几次朝霞与晚照——你肩背上的负担就会轻松了去的。

这是极肤浅的道理，当然。但我要没有过康桥的日子，我就不会有这样的自信。我这一辈子就只那一春，说也可怜，算是不曾虚度。就只那一春，我的生活是自然的，是真愉快的！（虽则碰巧那也是我最感受人生痛苦的时期。）我那时有的是闲暇，有的是自由，有的是绝对单独的机会。说也奇怪，竟像是第一次，我辨认了星月的光明，草的青，花的香，流水的殷勤。我能忘记那初春的睥睨吗？曾经有多少个清晨我独自冒着冷去薄霜铺地的林子里闲步——为听鸟语，为盼朝阳，为寻泥土里渐次苏醒的花草，为体会最微细最神妙的春信。啊，那是新来的画眉在那边凋不尽的青枝上试它的新声！啊，这是第一朵小雪球花挣出了半冻的地面！啊，这不是新来的潮润沾上了寂寞的柳条？

静极了，这朝来水溶溶的大道，只远处牛奶车的铃声，点缀这周遭的沉默。顺着这大道走去。走到尽头，再转入林子里的小径，往烟雾浓密处走去，头顶是交枝的榆荫，透露着漠楞楞的曙色；再往前走去，走尽这林子，当前是平坦的原野，望见了村舍，初青的麦田，更远三两个馒形的小山掩住了一条通道。天边是雾茫茫的，尖尖的黑影是近村的教寺。听，那晓钟和缓的清音。这一带是此邦中部的平原，地形像是海里的轻波，默沈沈地起伏，山岭是望不见的，有的是常青的草原与沃腴的田壤。登那土阜上望去：康桥只是一带茂林，拥戴着几处娉婷的尖阁。妩媚的康河也望不见踪迹，你只能循着那锦带似的林木想象那一流清浅。村舍与树林是这地盘上的棋子，有村舍处有佳荫，有佳荫处有村舍。这早起是看炊烟的时辰：朝雾渐渐地升起，揭开了这灰苍苍的天幕（最好是微霰后的光景），远近的炊烟，成丝的，成缕的，成卷的，轻快的，迟重的，浓灰的，淡青的，惨白的，在静定的朝气里渐渐地上腾，渐渐地不见，仿佛是朝来人们的祈祷，参差地翳入了天听。朝阳是难得见的，这初春的天气。但它来时是起早人莫大的愉快。顷刻间这田野添深了颜色，一层轻纱似的金粉糁上了这草，这树，这通道，这庄舍。顷刻间这周遭弥漫了清晨富丽的温柔。顷刻间你的心怀也分润了白天诞生的光荣。“春”！这胜利的晴空仿佛在你的耳边私语。“春”！你那快活的灵魂也仿佛在那里回响。

伺候着河上的风光，这春来一天有一天的消息。关心石上的苔痕，关心败草里的花鲜，关心这水流的缓急，关心水草的滋长，关心天上的云霞，关心新来的鸟语。怯伶伶的小雪球是探春信的小使。铃兰与香草是欢喜的初声。窈窕的莲馨，玲珑的石水仙，爱热闹的克罗克斯，耐辛苦的蒲公英与雏菊——这时候春光已是缦烂在人间，更不须殷勤问讯。

瑰丽的春放。这是你野游的时期。可爱的路政，这里不比中国，哪一处不是坦荡荡的大道？徒步是一个愉快，但骑自转车是一个更大的愉快。在康桥骑车是普遍的技术；妇人，稚子，老翁，一致享受这双轮舞的快乐。（在康桥听说自转车是不怕人偷的，就为人人都自己有车，没人要偷。）任你选一个方向，任你上一条通道，顺着这带草味的和风，放轮远去，保管你这半天的逍遥是你性灵的补剂。——这道上有的是清荫与美草，随地都可以供你休憩。你如爱花，这里多的是锦绣似的草原。你如爱鸟，这里多的是巧啭的鸣禽。你如爱儿童，这乡间到处是可亲的稚子。你如爱人情，这里多的是不嫌远客的乡人，你到处可以“挂单”借宿，有酪浆与嫩薯供你饱餐，有夺目的果鲜恣你尝新。你如爱酒，这乡间每“望”都为你储有上好的新酿，黑啤如太浓，苹果酒姜酒都是供你解渴润肺的。……带一卷书，走十里路，选一块清静地，看天，听鸟，读书，倦了时，和身在草绵绵处寻梦去——你能想象更适情更适性的消遣吗？

陆放翁有一联诗句：“传呼快马迎新月，却上轻舆趁晚凉”；这是做地方官的风流。我在康桥时虽没马骑，没轿子坐，却也有我的风流：我常常在夕阳西晒时骑了车迎着天边扁大的日头直追。日头是追不到的，我没有夸父的荒诞，但晚景的温存却被我这样偷尝了不少。有三两幅画图似的经验至今还栩栩地留着。只说看夕阳，我们平常只知道登山或是临海，但实际只须辽阔的天际，平地上的晚霞有时也是一样的神奇。有一次我赶到一个地方，手把着一家村庄的篱笆隔着一大田的麦浪，看西天的变幻。有一次是正冲着一条宽广的大道，过来一大群羊，放草归来的，偌大的太阳在它们后背放射着万缕的金辉，天上却是乌青青的，只剩这不可逼视的威光中的一条大路，一群生物！我心头顿时感着神异性的压迫，我真的跪下了，对着这冉冉渐翳的金光。再有一次是更不可忘的奇景，那是临着一大片望不到头的草原，满开着艳红的罂粟，在青草里亭亭的像是万盏的金灯，阳光从褐色云里斜着过来，幻成一种异样的紫色，透明似的不可逼视，霎那间在我迷眩了视觉中，这草田变成了……不说也罢，说来你们也是不信的！

一别二年多了，康桥，谁知我这思乡的隐忧？也不想别的，我只要那晚钟撼动的黄昏，没遮拦的田野，独自斜倚在软草里，看第一个大星在天边出现！

十五年一月十五日

选自《巴黎的鳞爪》

天目山中笔记

佛于大众中　　说我当作佛
闻如是法音　　疑悔悉已除
初闻佛所说　　心中大惊疑
将非魔作佛　　恼乱我心耶

——莲华经譬喻品

山中不定是清静。庙宇在参天的大木中间藏着，早晚间有的是风，松有松声，竹有竹韵，鸣的禽，叫的虫子，阁上的大钟，殿上的木鱼，庙身的左边右边都安着接泉水的粗毛竹管，这就是天然的笙箫，时缓时急的参和着天空地上种种的鸣籁。静是不静的；但山中的声响，不论是泥土里的蚯蚓叫或是轿夫们深夜里“唱宝”的异调，自有一种各别处：它来得纯粹，来得清亮，来得透彻，冰水似的沁入你的脾肺；正如你在泉水里洗濯过后觉得清白些，这些山籁，虽则一样是音响，也分明有洗净的功能。

夜间这些清籁摇着你入梦，清早上你也从这些清籁的怀抱中苏醒。

山居是福，山上有楼住更是修得来的。我们的楼窗开处是一片蓊葱的林海；林海外更有云海！日的光，月的光，星的光：全是你的。从这三尺方的窗户你接受自然的变幻；从这三尺方的窗户你散放你情感的变幻。自在；满足。

今早梦回时睁眼见满帐的霞光。鸟雀们在赞美；我也加入一份。它们的是清越的歌唱，我的是潜深一度的沉默。

钟楼中飞下一声宏钟，空山在音波的磅礴中震荡。这一声钟激起了我的思潮。不，潮字太夸；说思流罢。耶教人说阿门，印度教人说“欧姆”（O—m），与这钟声的嗡嗡，同是从撮口外摄到阖口内包的一个无限的波动：分明是外扩，却又是内潜；一切在它的周缘，却又在它的中心：同时是皮又是核，是轴亦复是廓。这伟大奥妙的“Om”使人感到动，又感到静；从静中见动，又从动中见静。从安住到飞翔，又从飞翔回复安住；从实在境界超入妙空，又从妙空化生实在：——

“闻佛柔软音，深远甚微妙。”

多奇异的力量！多奥妙的启示！包容一切冲突性的现象，扩大霎那间的视域，这单纯的音响，于我是一种智灵的洗净。花开，花落，天外的流星与田畦间的飞萤，上绾云天的青松，下临绝海的巉岩，男女的爱，珠宝的光，火山的溶液：一如婴儿在它的摇篮中安眠。

这山上的钟声是昼夜不间歇的，平均五分钟时一次，打钟的和尚独自在钟楼上住着，据说他已经不间歇地打了十一年钟，他的愿心是打到他不能动弹的那天。钟楼上供着菩萨，打钟人在大钟的一边安着他的“座”，他每晚是坐着安神的，一只手挽着钟槌的一头，从长期的习惯，不叫睡眠耽误他的职司。“这和尚，”我自忖，“一定是有道理的！和尚是没道理的多：方才那知客僧想把七窍蒙充六根，怎么算总多了一个鼻孔或是耳孔；那方丈师的谈吐里不少某督军与某省长的点缀；那管半山亭的和尚更是贪嗔的化身，无端摔破了两个无辜的茶碗。但这打钟和尚，他一定不是庸流不能不去看看！”他的年岁在五十开外，出家有二十几年，这钟楼，不错，是他管的，这钟是他打的（说着他就过去撞了一下），他每晚，也不错，是坐着安神的，但此外，可怜，我的俗眼竟看不出什么异样。他拂拭着神龛，神坐，拜垫，换上香烛，掇一盂水，洗一把青菜，捡一把米，擦干了手接受香客的布施，又转身去撞一声钟。他脸上看不出修行的清癯，却没有失眠的倦态，倒是满满的不时有笑容的展露；念什么经；不，就念阿弥陀佛，他竟许是不认识字的。“那一带是什么山，叫什么，和尚？”“这里是天目山，”他说。“我知道，我说的是那一带的，”我手点着问。“我不知道。”他回答。

山上另有一个和尚，他住在更上去昭明太子读书台的旧址，盖着几间屋，供着佛像，也归庙管的，叫作茅棚。但这不比得普渡山上的真茅棚，那看了怕人的，坐着或是偎着修行的和尚没一个不是鹄形鸠面，鬼似的东西。他们不开口的多，你爱布施什么放在他跟前的篓子或是盘子里，他们怎么也不睁眼，不出声，随你给的是金条或是铁条。人说得更奇了。有的半年没有吃过东西，不曾挪过窝，可还是没有死，就这冥冥地坐着。他们大约离成佛不远了，单看他们的脸色，就比石片泥土不差什么，一样这黑刺刺，死僵僵的。“内中有几个，”香客们说，“已经成了活佛，我们的祖母早三十年来就看见他们这样坐着的！”

但天目山的茅棚以及茅棚里的和尚，却没有那样的浪漫出奇。茅棚是尽够蔽风雨的屋子，修道的也是活鲜鲜的人。虽则他并不因此减却他给我们的趣味。他是一个高身材，黑面目，行动迟缓的中年人；他出家将近十年，三年前坐过禅关，现在这山上茅棚里来修行；他在俗家时是个商人，家中有父母兄弟姊妹，也许还有自身的妻子；他不曾明说他中年出家的缘由，他只说“俗业太重了，还是出家从佛的好”，但从他沉着的语音与持重的神态中可以觉出他不仅是曾经在人事上受过磨折，并且是在思想上能分清黑白的人。他的口，他的眼，都泄漏着他内里强自抑制，魔与佛交斗的痕迹：说他是放过火杀过人的忏悔者，可信；说他是个回头的浪子，也可信。他不比那钟楼上人的不着颜色，不露曲折：他分明是色的世界里逃来的一个囚犯。三年的禅关，三年的草棚，还不曾压倒，不曾灭净，他肉身的烈火。“俗业太重了，不如出家从佛的好”；这话里岂不颤栗着一往忏悔的深心？我觉着好奇；我怎么能得知他深夜趺坐时意念的究竟？

佛于大众中　　说我常作佛
闻如是法音　　疑悔悉已除
初闻佛所说　　心中大惊疑
将非魔所说　　恼乱我心耶

但这也许看太奥了。我们承受西洋人生观洗礼的，容易把做人看太积极，入世的要求太猛烈，太不肯退让，把住这热乎乎的一个身子一个心放进生活的轧床去，不叫他留存半点汁水回去；非到山穷水尽的时候，决不肯认输，退后，收下旗帜；并且即使承认了绝望的表示，他往往直接向生存本体的取决，不来半不阑珊地收回了步子向后退：宁可自杀，甘脆的生命的断绝，不来出家，那是生命的否认。不错，西洋人也有出家做和尚做尼姑的，例如亚佩腊与爱洛绮丝，但在他们是情感方面的转变，原来对人的爱移作对上帝的爱，这知感的自体与它的活动依旧不含糊的在着；在东方人，这出家是求情感的消灭，皈依佛法或道法，目的在自我一切痕迹的解脱。再说，这出家或出世的观念的老家，是印度不是中国，是跟着佛教来的；印度可以会发生这类思想，学者们自有种种哲理上乃至物理上的解释，也尽有趣味的。中国何以能容留这类思想，并且在实际上出家做尼僧的今天不比以前少（我新近一个朋友差一点做了小和尚）！这问题正值得研究，因为这分明不仅仅是个知识乃至意识的浅深问题，也许这情形尽有极有趣味的解释的可能，我见闻浅，不知道我们的学者怎样想法，我愿意领教。

十五年九月

选自《巴黎的鳞爪》

自 剖

我是个好动的人：每回我身体行动的时候，我的思想也仿佛就跟着跳荡。我做的诗，不论它们是怎样的“无聊”，有不少是在行旅期中想起的。我爱动，爱看动的事物，爱活泼的人，爱水，爱空中的飞鸟，爱车窗外掣过的田野山水。星光的闪动，草叶上露珠的颤动，花须在微风中的摇动，雷雨时云空的变动，大海中波涛的汹涌，都是在触动我感兴的情景。是动，不论是什么性质，就是我的兴趣，我的灵感。是动就会催快我的呼吸，加添我的生命。

近来却大大的变样了。第一我自身的肢体，已不如原先灵活；我的心也同样的感受了不知是年岁还是什么的拘縶。动的现象再不能给我欢喜，给我启示。先前我看着在阳光中闪烁的金波，就仿佛看见了神仙宫阙——什么荒诞美丽的幻觉，不在我的脑中一闪闪地掠过；现在不同了，阳光只是阳光，流波只是流波，任凭景色怎样的灿烂，再也照不化我的呆木的心灵。我的思想，如其偶尔有，也只似岩石上的藤萝，贴着枯干的粗糙的石面，极困难地蜒着；颜色是苍黑的，姿态是倔强的。

我自己也不懂得何以这变迁来得这样的兀突，这样的深彻。原先我在人前自觉竟是一注的流泉，在在有飞沫，在在有闪光；现在这泉眼，如其还在，仿佛是叫一块石板不留余隙地给镇住了。我再没有先前那样蓬勃的情趣，每回我想说话的时候，就觉着那石块的重压，怎么也掀不动，怎么也推不开，结果只能自安沉默！“你再不用想什么了，你再没有什么可想的了”；“你再不用开口了，你再没有什么话可说的了”，我常觉得我沉闷的心府里有这样半嘲讽半吊唁的谆嘱。

说来我思想上或经验上也并不曾经受什么过分剧烈的戟刺。我处境是向来顺的，现在，如其有不同，只是更顺了的。那么为什么这变迁？远的不说，就比如我年前到欧洲去时的心境：啊！我那时还不是一只初长毛角的野鹿？什么颜色不激动我的视觉，什么香味不奋兴我的嗅觉？我记得我在意大利写游记的时候，情绪是何等的活泼，兴趣何等的醇厚，一路来眼见耳听心感的种种，哪一样不活栩栩地丛集在我的笔端，争求充分的表现！如今呢？我这次到南方去，来回也有一个多月的光景，这期内眼见耳听心感的事物也该有不少。我未动身前，又何尝不自喜此去又可以有机会饱餐西湖的风色，邓尉的梅香——单提一两件最合我脾胃的事。有好多朋友也会期望我在这闲暇的假期中采集一点江南风趣，归来时，至少也该带回一两篇爽口的诗文，给在北京泥土的空气中活命的朋友们一些清醒的消遣。但在事实上不但在南中时我白瞪着大眼，看天亮换天昏，又闭上了眼，拼天昏换天亮，一枝秃笔跟着我涉海去，又跟着我涉海回来，正如岩洞里的一根石笋，压根儿就没一点摇动的消息；就在我回京后这十来天，任凭朋友们怎么的催促，自己良心怎样的责备，我的笔尖上还是滴不出一点墨沈来。我也曾勉强想想，勉强想写，但到底还是白费！可怕是这心灵骤然的呆顿。完全死了不成？我自己在疑惑。

说来是时局也许有关系。我到京几天就逢着空前的血案。五卅事件发生时我正在意大利山中，采茉莉花编花篮儿玩，翡冷翠山中只见明星与流萤的交唤，花香与山色的温存，俗氛是吹不到的。直到七月间到了伦敦，我才理会国内风光的惨淡，等得我赶回来时，设想中的激昂，又早变成了明日黄花，看得见的痕迹只有满城黄墙上墨彩斑斓的“泣告”！

这回却不同。屠杀的事实不仅是在我住的城子里发现，我有时竟觉得是我自己的灵府里的一个惨象。杀死的不仅是青年们的生命，我自己的思想也仿佛遭着了致命的打击，比是国务院前的断脰残肢，再也不能回复生动与连贯。但这深刻的难受在我是无名的，是不能完全解释的。这回事变的奇惨性引起愤慨与悲切是一件事，但同时我们也知道在这根本起变态作用的社会里，什么怪诞的情形都是可能的。屠杀无辜，还不是年来最平常的现象。自从内战纠结以来，在受战祸的区域内，哪一处村落不曾分到过遭奸污的女性，屠残的骨肉，供牺牲的生命财产？这无非是给冤氛团结的地面上多添一团更集中鲜艳的怨毒。再说哪一个民族的解放史能不浓浓地染着Martyrs[①]的腔血？俄国革命的开幕就是二十年前冬宫的血景。只要我们有识力认定，有胆量实行，我们理想中的革命，这回羔羊的血就不会是白涂的。所以我个人的沉闷决不完全是这回惨案引起的感情作用。

爱和平是我的生性。在怨毒，猜忌，残杀的空气中，我的神经每每感受一种不可名状的压迫。记得前年奉直战争时我过的那日子简直是一团黑漆，每晚更深时，独自抱着脑壳伏在书桌上受罪，仿佛整个时代的沉闷盖在我的头顶——直到写下了“毒药”那几首不成形的咒诅诗以后，我心头的紧张才渐渐地缓和下去。这回又有同样的情形；只觉着烦，只觉着闷，感想来时只是破碎，笔头只是笨滞。结果身体也不舒畅，像是蜡油涂抹住了全身毛窍似的难过，一天过去了又是一天，我这里又在重演更夜深独坐箍紧脑壳的姿势，窗外皎洁的月光，分明是在嘲讽我内心的枯窘！

不，我还得往更深处挖。我不能叫这时局来替我思想骤然的呆顿负责，我得往我自己生活的底里找去。

平常有几种原因可以影响我们的心灵活动。实际生活的牵掣可以

---

①殉道者。

劫去我们心灵所需要的闲暇，积成一种压迫。在某种热烈的想望不曾得满足时，我们感觉精神上的烦闷与焦躁，失望更是颠覆内心平衡的一个大原因；较剧烈的种类可以麻痹我们的灵智，淹没我们的理性。但这些都合不上我的病源；因为我在实际生活里已经得到十分的幸运，我的潜在意识里，我敢说不该有什么压着的欲望在作怪。

但是在实际上反过来看，另有一种情形可以阻塞或减少你心灵的活动。我们知道舒服，健康，幸福，是人生的目标，我们因此推想我们痛苦的起点是在望见那些目标而得不到的时候。我们常听人说“假如我像某人那样生活无忧我一定可以好好地做事，不比现在整天的精神全花在琐碎的烦恼上”。我们又听说“我不能做事就为身体太坏，若是精神来得，那就……”我们又常常设想幸福的境界，我们想：“只要有一个意中人在跟前那我一定奋发，什么事做不到？”但是不，在事实上，舒服，健康，幸福，不但不一定是帮助或奖励心灵生活的条件，它们有时正得相反的效果。我们看不起有钱人，在社会上得意人，肌肉过分发展的运动家，也正在此；至于年少人幻想中的美满幸福，我敢说等得当真有了红袖添香，你的书也就读不出所以然来，且不说什么在学问上或艺术上更认真地工作。

那么生活的满足是我的病源吗?

“在先前的日子，”一个真知我的朋友，就说，“正为是你生活不得平衡，正为你有欲望不得满足，你的压在内里的Libido[①]就形成一种升华的现象，结果你就借文学来发泄你生理上的郁结（你不常说你从事文学是一件不预期的事吗？）？这情形又容易在你的意识里形成一种虚幻的希望，因为你的写作得到一部分赞许，你就自以为确有

①里比多，奥地利心理学家弗洛伊德所创的心理分析学用语。狭义指本性，广义指追求所有爱欲和快感乃至死亡的本能。

相当创作的天赋以及独立思想的能力。但你只是自冤自，实在你并没有什么超人一等的天赋，你的设想多半是虚荣，你的以前的成绩只是升华的结果。所以现在等得你生活换了样，感情上有了安顿，你就发见你向来写作的来源顿呈萎缩甚至枯竭的现象；而你又不愿意承认这情形的实在，妄想到你身子以外去找你思想枯窘的原因，所以你就不由地感到深刻的烦闷。你只是对你自己生气，不甘心承认你自己的本相。不，你原来并没有三头六臂的！

“你对文艺并没有真兴趣，对学问并没有真热心。你本来没有什么更高的志愿，除了相当合理的生活，你只配安分做一个平常人，享你命里铸定的‘幸福’；在事业界，在文艺创作界，在学问界内，全没有你的位置。你真的没有那能耐。不信你只要自问在你心里的心里有没有那无形的‘推力’，整天整夜地恼着你，逼着你，督着你，放开实际生活的全部，单望着不可捉摸的创作境界里去冒险？是的，顶明显的关键就是那无形的推力或是冲动（The Impulse），没有它人类就没有科学，没有文学，没有艺术，没有一切超越功利实用性质的创作。你知道在国外（国内当然也有，许没那样多）有多少人被这无形的推力驱使着，在实际生活上变成一种离魂病性质的变态动物，不但人间所有的虚荣永远沾不上他们的思想，就连维持生命的睡眠饮食，在他们都失了重要，他们全部的心力只是在他们那无形的推力所指示的特殊方向上集中应用。怪不得有人说天才是疯癫；我们在巴黎伦敦不就到处碰得着这类怪人？如其他是一个美术家，恼着他的就只怎样可以完全表现他那理想中的形体，一个线条的准确，某种色彩的调谐，在他会得比他生身父母的生死与国家的存亡更重要，更迫切，更要求注意。我们知道专门学者有终身掘坟墓的，研究蚊虫生理的，观察亿万万里外一个星的动定的。并且他们决不问社会对于他们的劳力有否任何的认识，那就是虚荣的进路；他们是被一点无形的推力的魔鬼蛊定了的。

“这是关于文艺创作的话。你自问有没有这种情形。你也许经验过什么‘灵感’，那也许有，但你却不要把刹那误认作永久的，虚幻认作真实。至于说思想与真实学问的话，那也得背后有一种推力，方向许不同，性质还是不变。做学问你得有原动的好奇心，得有天然热情的态度去做求知识的工夫。真思想家的准备，除了特强的理智，还得有一种原动的信仰；信仰或寻求信仰，是一切思想的出发点：极端的怀疑派思想也只是期望重新位置信仰的一种努力。从古来没有一个思想家不是宗教性的。在他们，各按各的倾向，一切人生的和理智的问题是实在有的；神的有无，善与恶，本体问题，认识问题，意志自由问题，在他们看来都是含逼迫性的现象，要求合理的解答——比山岭的崇高，水的流动，爱的甜蜜更真，更实在，更耸动。他们的一点心灵，就永远在他们设想的一种或多种问题的周围飞舞，旋绕，正如灯蛾之于火焰：牺牲自身贯彻火焰中心的秘密，是他们共有的决心。

“这种惨烈的情形，你怕也没有吧？我不说你的心幕上就没有思想的影子；但它们怕只是虚影，像水面上的云影，云过影子就跟着消散，不是石上的雷痕越日久越深刻。

“这样说下来，你倒可以安心了！因为个人最大的悲剧是设想一个虚无的境界来谎骗你自己，骗不到底的时候你就得忍受‘幻灭’的莫大的苦痛。与其那样，还不如及早认清自己的深浅，不要把不必要的负担，放上支撑不住的肩背，压坏你自己，还难免旁人的笑话！朋友，不要迷了，定下心来享你现成的福分吧；思想不是你的分，文艺创作不是你的分，独立的事业更不是你的分！天生扛了重担来的那也没法想！（哪一个天才不是活受罪！）你是原来轻松的，这是多可羡慕，多可贺喜的一个发见！算了吧，朋友！”

十五年三月二十五日

选自《自剖》

再　剖

你们知道喝醉了想吐吐不出或是吐不爽快的难受不是？这就是我现在的苦恼；肠胃里一阵阵的作恶，腥腻从食道里往上泛，但这喉关偏跟你别扭，它捏住你，逼住你，逗着你——不，它且不给你痛快哪！前天那篇《自剖》，就比是哇出来的几口苦水，过后只是更难受，更觉着往上冒。我告你我想要怎么样。我要孤寂：要一个静极了的地方——森林的中心，山洞里，牢狱的暗室里——再没有外界的影响来逼迫或引诱你的分心，再不须计较旁人的意见，喝彩或是嘲笑；当前唯一的对象是你自己：你的思想，你的感情，你的本性。那时它们再不会躲避，不会隐遁，不会装作：赤裸裸的听凭你察看，检验审问。你可以放胆解去你最后的一缕遮盖，袒露你最自怜的创伤，最掩讳的私亵。那才是你痛快一吐的机会。

但我现在的生活情形不容我有那样一个时机。白天太忙（在人前一个人的灵性永远是蜷缩在壳内的蜗牛），到夜间，比如此刻。静是静了，人可又倦了，惦着明天的事情又不得不早些休息。啊，我真羡慕我台上放着那块唐砖上的佛像，他在他的莲台上瞑目坐着，什么都摇不动他那入定的圆澄。我们只是在烦恼网里过日子的众生，怎敢企望那光明无碍的境界！有鞭子下来，我们躲；见好吃的我们垂涎；听声响，我们着忙；逢着痛痒，我们着恼。我们是鼠，是狗，是刺猬，是天上星星与地上泥土间爬着的虫。哪里有工夫，即使你有心想亲近你自己？哪里有机会，即使你想痛快的一吐？

前几天也不知无形中经过几度挣扎，才呕出那几口苦水，这在我虽则难受还是照旧，但多少总算是发泄。事后我私下觉着愧悔，因为我不该拿我一己苦闷的骨鲠，强读者们陪着我吞咽。是苦水就不免熏蒸的恶味。我承认这完全是我自私的行为，不敢望恕的。我唯一的解嘲是这几口苦水的确是从我自己的肠胃里呕出——不是去脏水桶里舀来的。我不曾期望同情，我只要朋友们认识我的深浅——（我的浅？）我最怕朋友们的容宠容易形成一种虚拟的期望；我这操刀自剖的一个目的，就在及早解卸我本不该扛上的担负。

是的，我还得往底里挖，往更深处剖。

最初我来编辑副刊，我有一个愿心。我想把我自己整个儿交给能容纳我的读者们，我心目中的读者们，说实话，就只这时代的青年。我觉着只有青年们的心窝里有容我的空隙，我要偎着他们的热血，听他们的脉搏。我要在我自己的情感里发见他们的情感，在我自己的思想里反映他们的思想。假如编辑的意义只是选稿，配版，付印，拉稿，那还不如去做银行的伙计——有出息得多。我接受编辑晨副的机会，就为这不单是机械性的一种任务。（感谢晨报主人的信任与容忍，）晨副变了我的喇叭，从这管口里我有自己吹弄我古怪的不调谐的音调，它是我的镜子，在这平面上描画出我古怪的不调谐的形状。我也决不掩讳我的原形：我就是我。我记得我第一次与读者们相见，就是一篇供状。我的经过，我的深浅，我的偏见，我的希望，我都曾经再三地声明，怕是你们早听厌了。但起初我有一种期望是真的——期望我自己。也不知那时间为什么原因，我竟有那活棱棱的一副勇气。我宣言我自己跳进了这现实的世界，存心想来对准人生的面目认他一个仔细。我信我自己的热心（不是知识）多少可以给我一些对敌力量的。我想拚这一天，把我的血肉与灵魂，放进这现实世界的磨盘里去挨，锯齿下去拉，——我就要尝那味儿！只有这样，我想，才可以期望我主办的刊物多少是一个有生命气息的东西；才可以期望在作者与读者间发生一种活的关系；才可以期望读者们觉着这一长条报纸与黑的字印的背后，的确至少有一个活着的人与一个动着的心，他的把握是在你的腕上，他的呼吸吹在你的脸上，他的欢喜，他的惆怅，他的迷惑，他的伤悲，就比是你自己的，的确是从一个可认识的主体上发出来的变化——是站在台上人的姿态，——不是投射在白幕上的虚影。

并且我当初也并不是没有我的信念与理想。有我崇拜的德性，有我信仰的原则，有我爱护的事物，也有我痛疾的事物。往理性的方向走，往爱心与同情的方向走，往光明的方向走，往真的方向走，往健康快乐的方向走，往生命，更多更大更高的生命方向走——这是我那时的一点“赤子之心”。我恨的是这时代的病象，什么都是病象：猜忌，诡诈，小巧，倾轧，挑拨，残杀，互杀，自杀，忧愁，作伪，肮脏。我不是医生，不会治病，我就有一双手，趁它们活灵的时候，我想，或许可以替这时代打开几扇窗，多少让空气流通些，浊的毒性的出去，清醒的洁净的进来。

但紧接着我的狂妄的招摇，我最敬畏的一个前辈（看了我的吊刘叔和文）就给我当头一棒：

> ……既立意来办报而且郑重宣言“决意改变我对人的态度”，那么自己的思想就得先磨冶一番，不能单凭主觉，随便说了就算完事。迎上前去，不要又退了回来！一时的兴奋，是无用的，说话越觉得响亮起劲，跳踯有力，其实即是内心的虚弱，何况说出衰颓懊丧的语气，叫一般青年看了，更给他们以可怕的影响，似乎不是志摩这番挺身出马的本意！……

迎上前去，不要又退了回来！这一喝这几个月来就没有一天不在我“虚弱的内心”里回响。实际上自从我喊出“迎上前去”以后，即使不曾撑开了往后退，至少我自己不觉得我的脚步曾经向前挪动。今天我再不能容我自己这梦梦的下去。算清亏欠，在还算得清的时候，总比窝着浑着强。我不能不自剖。冒着“说出衰颓懊丧的语气”的危险，我不能不利用这反省的锋刃，劈去纠着我心身的累赘，淤积，或许这来倒有自我真得解放的希望！

想来这做人真是奥妙。我信我们的生活至少是复性的。看得见，觉得着的生活是我们的显明的生活，但同时另有一种生活，跟着知识的开豁逐渐胚胎，成形，活动，最后支配前一种的生活，比是我们投在地上的身影，跟着光亮的增加渐渐由模糊化成清晰，形体是不可捉的，但它自有它的奥妙的存在，你动它跟着动，你不动它跟着不动。在实际生活的匆遽中，我们不易辨认另一种无形的生活的并存，正如我们在阴地里不见我们的影子；但到了某时候某境地忽地发见了它，不容否认的踵接着你的脚跟，比如你晚间步月时发见你自己的身影。它是你的性灵的或精神的生活。你觉到你有超实际生活的性灵生活的俄顷，是你一生的一个大关键！你许到极迟才觉悟（有人一辈子不得机会），但你实际生活中的经历，动作，思想，没有一丝一屑不同时在你那跟着长成的性灵生活中留着“对号的存根”，正如你的影子不放过你的一举一动，虽则你不注意到或看不见。

我这时候就比是一个人初次发见他有影子的情形。惊骇，讶异，迷惑，耸悚，猜疑，恍惚同时并起，在这辨认你自身另有一个存在的时候。我这辈子只是在生活的道上盲目地前冲，一时踹入一个泥潭，一时踏折一枝草花，只是这无目的的奔驰；从哪里来，向哪里去，现在在哪里，该怎么走，这些根本的问题却从不曾到我的心上。但这时候突然的，恍然的我惊觉了。仿佛是一向跟着我形体奔波的影子忽然阻住了我的前路，责问我这匆匆的究竟是为什么！

一种新意识的诞生。这来我再不能盲冲，我至少得认明来踪与去迹，该怎样走法，如其有目的地；该怎样准备，如其前程还在遥远？

啊，我何尝愿意吞这果子，早知有这多的麻烦！现在我第一要考查明白的是这“我”究竟是怎么一回事；然后再决定掉落在这生活道上的“我”的赶路方法。以前种种动作是没有这新意识作主宰的；此后，什么都得由它。

四月五日

选自《自剖》

想　飞

假如这时候窗子外有雪——街上，城墙上，屋脊上，都是雪，胡同口一家屋檐下偎着一个戴黑兜帽的巡警，半拢着睡眼，看棉团似的雪花在半空中跳着玩……假如这夜是一个深极了的啊，不是壁上挂钟的时针指示给我们看的深夜，这深就比是一个山洞的深，一个往下钻螺旋形的山洞的深……

假如我能有这样一个深夜，它那无底的阴森捻起我遍体的毫管；再能有窗子外不住往下筛的雪，筛淡了远近间扬动的市谣，筛泯了在泥道上挣扎的车轮，筛灭了脑壳中不妥协的潜流……

我要那深，我要那静。那在树荫浓密处躲着的夜鹰轻易不敢在天光还在照亮时出来睁眼。思想：它也得等。

青天里有一点子黑的。正冲着太阳耀眼，望不真，你把手遮着眼，对着那两株树缝里瞧，黑的，有橙子来大，不，有桃子来大——嘿，又移着往西了！

我们吃了中饭出来到海边去。（这是英国康槐尔极南的一角，三面是大西洋。）勖丽丽的叫响从我们的脚底下匀匀地往上颤，齐着腰，到了肩高，过了头顶，高入了云，高出了云。啊，你能不能把一种急震的乐音想象成一阵光明的细雨，从蓝天里冲着这平铺着青绿的地面不住地下？不，那雨点都是跳舞的小脚，安琪儿的。云雀们也吃过了饭，离开了它们卑微的地巢飞往高处做工去。上帝给它们的工作，替上帝做的工作。瞧着，这儿一只，那边又起了两只！一起就冲着天顶飞，小翅膀活动得多快活，圆圆的，不踌躇地飞，——它们就认识青天。一起就开口唱，小嗓子活动得多快活，一颗颗小精圆珠子直往外唾，亮亮的唾，脆脆的唾，——它们赞美的是青天。瞧着，这飞得多高，有豆子大，有芝麻大，黑刺刺的一屑，直顶着无底的天顶细细地摇，——这全看不见了，影子都没了！但这光明的细雨还是不住地下着……

飞。“其翼若垂天之云……背负苍天，而莫之夭阏者”：那不容易见着。我们镇上东关厢外有一座黄泥山，山顶上有一座七层的塔，塔尖顶着天。塔院里常常打钟，钟声响动时，那在太阳西晒的时候多，一枝艳艳的大红花贴在西山的鬓边回照着塔山上的云彩，——钟声响动时，绕着塔顶尖，摩着塔顶天，穿着塔顶云，有一只两只有时三只四只有时五只六只蜷着爪往地面瞧的“饿老鹰”，撑开了它们灰苍苍的大翅膀没挂恋似的在盘旋，在半空中浮着，在晚风中泅着，仿佛是按着塔院钟的波荡来练习圆舞似的。那是我做孩子时的“大鹏”。有时好天抬头不见一瓣云的时候听着猇忧忧的叫响，我们就知道那是宝塔上的饿老鹰寻食吃来了，这一想象半天里秃顶圆睛的英雄，我们背上的小翅膀骨上就仿佛豁出了一铿铿铁刷似的羽毛，摇起来呼呼响的，只一摆就冲出了书房门，钻入了玳瑁镶边的白云里玩儿去，谁耐烦站在先生书桌前晃着身子背早上的多难背的书！啊飞！不是那在树枝上矮矮的跳着的麻雀儿的飞；不是那凑天黑从堂扁后背冲出来赶蚊子吃的蝙蝠的飞；也不是那软尾巴软嗓子做窠在堂檐上的燕子的飞。要飞就得满天飞，风拦不住云挡不住的飞，一翅膀就跳过一座山头，影子下来遮得阴二十亩稻田的飞，到天晚飞倦了就来绕着那塔顶尖顺着风向打圆圈做梦……听说饿老鹰会抓小鸡！

飞。人们原来都是会飞的。天使们有翅膀，会飞，我们初来时也有翅膀，会飞。我们最初来就是飞了来的，有的做完了事还是飞了去，他们是可羡慕的。但大多数人是忘了飞的，有的翅膀上吊了毛不长再也飞不起来，有的翅膀叫胶水给胶住了再也拉不开，有的羽毛叫人给修短了像鸽子似的只会在地上跳，有的拿背上一对翅膀上当铺去典钱使过了期再也赎不回……真的，我们一过了做孩子的日子就掉了飞的本领。但没了翅膀或是翅膀坏了不能用是一件可怕的事。因为你再也飞不回去，你蹲在地上呆望着飞不上去的天，看旁人有福气地一程一程地在青云里逍遥，那多可怜。而且翅膀又不比是你脚上的鞋，穿烂了可以再问妈要一双去，翅膀可不成，折了一根毛就是一根，没法给补的。还有，单顾着你翅膀也还不定规到时候能飞，你这身子要是不谨慎养太肥了，翅膀力量小再也拖不起，也是一样难不是？一对小翅膀驮不起一个胖肚子，那情形多可笑！到时候你听人家高声地招呼说，朋友，回去罢，趁这天还有紫色的光，你听他们的翅膀在半空中沙沙地摇响，朵朵的春云跳过来拥着他们的肩背，望着最光明的来处翩翩地，冉冉地，轻烟似的化出了你的视域，像云雀似的只留下一泻光明的骤雨——“Thou art unseen, but yet I hear thy shrill delight”①——那你，独自在泥涂里淹着，够多难受，够多懊恼，够多寒伧！趁早留神你的翅膀，朋友。

是人没有不想飞的。老是在这地面上爬着够多厌烦，不说别的。飞出这圈子，飞出这圈子！到云端里去，到云端里去！哪个心里不成天千百遍地这么想？飞上天空去浮着，看地球这弹丸在太空里滚着，从陆地看到海，从海再看回陆地。凌空去看一个明白——这才是做人的趣味，做人的权威，做人的交代。这皮囊要是太重挪不动，就掷了它，可能的话，飞出这圈子，飞出这圈子！

人类初发明用石器的时候，已经想长翅膀。想飞。原人洞壁上画的四不像，它的背上掮着翅膀；拿着弓箭赶野兽的，他那肩背上也给

---

①“我看不到你的形象，但能听见你欢乐的尖声歌唱。”引自雪莱的《致云雀》。

安了翅膀。小爱神是有一对粉嫩的肉翅的。挨开拉斯（Icarus）[①]是人类飞行史里第一个英雄，第一次牺牲。安琪儿（那是理想化的人）第一个标记是帮助他们飞行的翅膀。那也有沿革——你看西洋画上的表现。最初像是一对小精致的令旗，蝴蝶似的粘在安琪儿们的背上，像真的，不灵动的。渐渐的翅膀长大了，地位安准了，毛羽丰满了。画图上的天使们长上了真的可能的翅膀。人类初次实现了翅膀的观念，彻悟了飞行的意义。挨开拉斯闪不死的灵魂，回来投生又投生。人类最大的使命，是制造翅膀；最大的成功是飞！理想的极度，想象的止境，从人到神！诗是翅膀上出世的；哲理是在空中盘旋的。飞：超脱一切，笼盖一切，扫荡一切，吞吐一切。

你上那边山峰顶上试去，要是度不到这边山峰上，你就得到这万丈的深渊里去找你的葬身地！“这人形的鸟会有一天试他第一次的飞行，给这世界惊骇，使所有的著作赞美，给他所从来的栖息处永久的光荣。”啊达文謇。

但是飞？自从挨开拉斯以来，人类的工作是制造翅膀，还是束缚翅膀？这翅膀，承上了文明的重量。还能飞吗？都是飞了来的，还都能飞了回去吗？钳住了，烙住了，压住了，——这人形的鸟会有试他第一次飞行的一天吗？……

同时天上那一点子黑的已经迫近在我的头顶，形成了一架鸟形的机器，忽的机沿一侧，一球光直往下注，硼的一声炸响，——炸碎了我在飞行中的幻想，青天里平添了几堆破碎的浮云。

十四—十六日

选自《自剖》

---

①今译伊卡罗斯，古希腊神话中的巧匠代达罗斯之子，与其父一起以蜡翼粘身飞离克里特岛，因不听父亲的警告飞得太高，蜡翼被太阳熔化，坠入海中而死。

北戴河海滨的幻想

他们都到海边去了。我为左眼发炎不曾去。我独坐在前廊，偎坐在一张安适的大椅内，袒着胸怀，赤着脚，一头的散发，不时有风来撩拂。清晨的晴爽，不曾消醒我初起时睡态；但梦思却半被晓风吹断。我阖紧眼帘内视，只见一斑斑消残的颜色，一似晚霞的余赭，留恋地胶附在天边。廊前的马樱，紫荆，藤萝，青翠的叶与鲜红的花，都将他们的妙影映印在水汀上，幻出幽媚的情态无数；我的臂上与胸前，亦满缀了绿荫的斜纹。从树荫的间隙平望，正见海湾：海波亦似被晨曦唤醒，黄蓝相间的波光，在欣然地舞蹈。滩边不时见白涛涌起，迸射着雪样的水花。浴线内点点的小舟与浴客，水禽似的浮着；幼童的欢叫，与水波拍岸声，与潜涛呜咽声，相间地起伏，竞报一滩的生趣与乐意。但我独坐的廊前，却只是静静的，静静的无甚声响。妩媚的马樱，只是幽幽地微展着，蝇虫也敛翅不飞。只有远近树里的秋蝉在纺纱似的垂引他们不尽的长吟。

在这不尽的长吟中，我独坐在冥想。难得是寂寞的环境，难得是静定的意境：寂寞中有不可言传的和谐，静默中有无限的创造。我的心灵，比如海滨，生平初度的怒潮，已经渐次的消翳，只剩有疏松的海砂中偶尔的回响，更有残缺的贝壳，反映星月的辉芒。此时摸索潮余的斑痕，追想当时汹涌的情景，是梦或是真，再亦不须辨问，只此眉梢的轻皱，唇边的微哂，已足解释无穷奥绪，深深的蕴伏在灵魂的微纤之中。

青年永远趋向反叛，爱好冒险；永远如初度航海者，幻想黄金机缘于浩淼的烟波之外：想割断系岸的缆绳，扯起风帆，欣欣地投入无垠的怀抱。他厌恶的是平安，自喜的是放纵与豪迈。无颜色的生涯，是他目中的荆棘；绝海与凶巇，是他爱取由的途径。他爱折玫瑰：为它的色香，亦为它冷酷的刺毒。他爱搏狂澜：为它的庄严与伟大，亦为它吞噬一切的天才，最是激发他探险与好奇的动机。他崇拜冲动：不可测，不可节，不可预逆，起，动，消歇皆在无形中，狂飙似的倏忽与猛烈与神秘。他崇拜斗争：从斗争中求剧烈的生命之意义，从斗争中求绝对的实在，在血染的战阵中，呼胜利之狂欢或歌败丧的哀曲。

幻象消灭是人生里命定的悲剧；青年的幻灭，更是悲剧中的悲剧，夜一般的沈黑，死一般的凶恶。纯粹的，猖狂的热情之火，不同阿拉亭的神灯，只能放射一时的异彩，不能永久地朗照；转瞬间，或许，便已敛熄了最后的焰舌，只留存有限的余烬与残灰，在未灭的余温里自伤与自慰。

流水之光，星之光，露珠之光，电之光，在青年的妙目中闪耀，我们不能不惊讶造化者艺术之神奇；然可怖的黑影，倦与衰与饱餍的黑影，同时亦紧紧地跟着时日进行，仿佛是烦恼，痛苦，失败，或庸俗的尾曳，亦在转瞬间，彗星似的扫灭了我们最自傲的神辉——流水涸，明星没，露珠散灭，电闪不再！

在这艳丽的日辉中，只见愉悦与欢舞与生趣，希望，闪烁的希望，在荡漾，在无穷的碧空中，在绿叶的光泽里，在虫鸟的歌吟中，在青草的摇曳中——夏之荣华，春之成功。春光与希望，是长驻的；自然与人生，是调谐的。

在远处有福的山谷内，莲馨花在坡前微笑，稚羊在乱石间跳跃，牧童们，有的吹着芦笛，有的平卧在草地上，仰看变幻的浮游的白云，放射下的青影在初黄的稻田中缥渺地移过。在远处安乐的村中，有妙龄的村姑，在流涧边照映她自制的春裙；口衔烟斗的农夫三四，在预度秋收的丰盈，老妇人们坐在家门外阳光中取暖，她们的周围有不少的儿童，手擎着黄白的钱花在环舞与欢呼。

在远——远处的人间，有无限的平安与快乐，无限的春光……

在此暂时可以忘却无数的落蕊与残红，亦可以忘却花荫中掉下的枯叶，私语地预告三秋的情意；亦可以忘却苦恼的僵瘪的人间，阳光与雨露的殷勤，不能再恢复他们腮颊上生命的微笑，亦可以忘却纷争的互杀的人间，阳光与雨露的仁慈，不能感化他们凶恶的兽性；亦可以忘却庸俗的卑琐的人间，行云与朝露的丰姿，不能引逗他们刹那间的凝视；亦可以忘却自觉的失望的人间，绚烂的春时与媚草，只能反激他们悲伤的意绪。

我亦可以暂时忘却我自身的种种；忘却我童年期清风白水似的天真；忘却我少年期种种虚荣的希冀；忘却我渐次的生命的觉悟；忘却我热烈的理想的寻求；忘却我心灵中乐观与悲观的斗争；忘却我攀登文艺高峰的艰辛；忘却刹那的启示与澈悟之神奇；忘却我生命潮流之骤转；忘却我陷落在危险的旋涡中之幸与不幸；忘却我追忆不完全的梦境；忘却我大海底里埋着的秘密；忘却曾经刳割我灵魂的利刃，炮烙我灵魂的烈焰，摧毁我灵魂的狂飙与暴雨；忘却我的深刻的怨与艾；忘却我的冀与愿；忘却我的恩泽与惠感；忘却我的过去与现在……

过去的实在，渐渐的膨胀，渐渐的模糊，渐渐的不可辨认；现在的实在，渐渐的收缩，逼成了意识的一线，细极狭极的一线，又裂成了无数不相联续的黑点……黑点亦渐次的隐翳？幻术似的灭了，灭了，一个可怕的黑暗的空虚……

选自《自剖》

悼沈叔薇

沈叔薇是我的一个表兄，从小同学，高小中学（杭州一中）都是同班毕业的，他是今年九月死的。

叔薇，你竟然死了，我常常地想着你，你是我一生最密切的一个人，你的死是我的一个不可补偿的损失。我每次想到生与死的究竟时，我不定觉得生是可欲，死是可悲，我自己的经验与默察只使我相信生的底质是苦不是乐，是悲哀不是幸福，是泪不是笑，是拘束不是自由：因此从生入死，在我有时看来，只是解化了实体的存在，脱离了现象的世界，你原来能辨别苦乐，忍受磨折的性灵，在这最后的呼吸离窍的俄顷，又投入了一种异样的冒险。我们不能轻易地断定那一边没有阳光与人情的温慰，亦不能设想苦痛的灭绝。但生死间终究有一个不可掩讳的分别，不论你怎样的看法。出世是一件大事，死亡亦是一件大事。一个婴儿出母胎时他便与这生的世界开始了关系，这关系却不能随着他去后的躯壳埋掩，这一生与一死，不论相间的距离怎样的短，不论他生时的世界怎样的仄——这一生死便是一个不可销毁的事实：比如海水每多一次潮涨海滩便多受一次泛滥，我们全体的生命的滩沙里，我想，也存记着最微小的波动与影响……

而况我们人又是有感情的动物。在你活着的时候，我可以携着你的手，谈我们的谈，笑我们的笑，一同在野外仰望天上的繁星，或是共感秋风与落叶的悲凉……叔薇，你这几年虽则与我不易相见，虽则彼此处世的态度更不如童年时的一致，但我知道，我相信在你的心里还留着一部分给我的情意，因为你也在我的胸中永占着相当的关切。我忘不了你，你也忘不了我。每次我回家乡时，我往往在不曾解卸行装前已经亟亟地寻求，欣欣地重温你的伴侣。但如今在你我间的距离，不再是可以度量的里程，却是一切距离中最辽远的一种距离——生与死的距离。我下次重归乡土，再没有机会与你携手谈笑，再不能与你相与恣纵早年的狂态，我再到你们家去，至多只能抚摩你的寂寞的灵帏，仰望你的惨淡的遗容，或是手拿一把鲜花到你的坟前凭吊！

叔薇，我今晚在北京的寓里，在一个冷静的秋夜，倾听着风催落叶的秋声，咀嚼着为你兴起的哀思，这几行文字，虽则是随意写下，不成章节，但在这抒写自来情感的俄顷，我仿佛又一度接近了你生前温驯的，谐趣的人格，仿佛又见着了你瘦脸上的枯涩的微笑——比在生前更谐合的更密切的接近。

我没有多少的话对你说，叔薇，你得宽恕我；当你在世时我们亦很少相互罄吐的机会，你去世的那一天我来看你，那时你的头上，你的眉目间，已经刻画着死的晦色，我叫了你一声叔薇，你也从枕上侧面来回叫我一声志摩，那便是我们在永别前最后的缘分！我永远忘不了那时病榻前的情景！

我前面说生命不定是可喜，死亦不定可畏：叔薇，你的一生尤其不曾尝味过生命里可能的乐趣，虽则你是天生的达观，从不曾羡慕虚荣的人间；你如其继续的活着，支撑着你的多病的筋骨，委蛇你无多沾恋的家庭，我敢说这样的生转不如撒手去了的干净！况且你生前至爱的骨肉，亦久已不在人间，你的生身的爹娘，你的过继的爹娘（我的姑母），你的姊姊——可怜娟姊，我始终不曾一度凭吊——还有你的爱妻，他们都在坟墓的那一边满开着他们天伦的怀抱，守候着他们最爱的“老五”，共享永久的安闲……

十一月一日早三时你的表弟志摩

选自《自剖》

我的彼得

新近有一天晚上，我在一个地方听音乐，一个不相识的小孩，约莫八九岁光景，过来坐在我的身边，他说的话我不懂，我也不易使他懂我的话，那可并不妨事，因为在几分钟内我们已经是很好的朋友，他拉着我的手，我拉着他的手，一同听台上的音乐。他年纪虽则小，他音乐的兴趣已经很深：他比着手势告我他也有一张提琴，他会拉，并且说那几个是他已经学会的调子。他那资质的敏慧，性情的柔和，体态的秀美，不能使人不爱；而况我本来是欢喜小孩们的。

但那晚虽则结识了一个可爱的小友，我心里却并不快爽；因为不仅见着他使我想起你，我的小彼得，并且在他活泼的神情里我想见了你，彼得，假如你长大的话，与他同年龄的影子。你在时，与他一样，也是爱音乐的；虽则你回去的时候刚满三岁，你爱好音乐的故事，从你襁褓时起，我屡次听你妈与你的“大大”讲，不但是十分的有趣可爱，竟可说是你有天赋的凭证，在你最初开口学话的日子，你妈已经写信给我，说你听着了音乐便异常的快活，说你在坐车里常常伸出你的小手在车栏上跟着音乐按拍；你稍大些会得淘气的时候，你妈说，只要把话匣子开上，你便在旁边乖乖地坐着静听，再也不出声不闹——并且你有的是可惊的口味，是贝多芬是魏格纳你就爱，要是中国的戏片，你便盖没了你的小耳，决意不让无意味的锣鼓，打搅你的清听——你的大大（她多疼你！）讲给我听你得小提琴的故事：怎样那晚上买琴来的时候你已经在你的小床上睡好，怎样她们为怕你起来闹，赶快灭了灯亮把琴放在你的床边，怎样你这小机灵早已看见，却偏不作声，等你妈与大大都上了床，你才偷偷地爬起来，摸着了你的宝贝，再也忍不住的你技痒，站在漆黑的床边，就开始你“截桑柴”的本领，后来怎样她们干涉了你，你便乖乖地把琴抱进你的床去，一起安眠。她们又讲你怎样喜欢拿着一根短棍站在桌上模仿音乐会的导师，你那认真的神情常常叫在座人大笑。此外还有不少趣话，大大记得最清楚，她都讲给我听过；但这几件故事已够见证你小小的灵性里早长着音乐的慧根。实际我与你妈早经同意想叫你长大时留在德国学习音乐；——谁知道在你的早殇里我们不失去了一个可能的毛赞德（Mozart）：在中国音乐最饥荒的日子，难得见这一点希冀的青芽。又教运命无情的脚跟踏倒，想起怎不可伤？

彼得，可爱的小彼得，我“算是”你的父亲，但想起我做父亲的往迹，我心头便涌起了不少的感想；我的话你是永远听不着了，但我想借这悼念你的机会，稍稍疏泄我的积愫，在这不自然的世界上，与我境遇相似或更不如的当不在少数，因此我想说的话或许还有人听，竟许有人同情。就是你妈，彼得，她也何尝有一天接近过快乐与幸福，但她在她同样不幸的境遇中证明她的智断，她的忍耐，尤其是她的勇敢与胆量；所以至少她，我敢相信，可以懂得我话里意味的深浅，也只有她，我敢说，最有资格指证或相诠释，在她有机会时，我的情感的真际。

但我的情愫！是怨，是恨，是忏悔，是怅惘？对着这不完全，不如意的人生，谁没有怨，谁没有恨，谁没有怅惘？除了天生颟顸的，虽不曾在他生命的经途中——歌德说的——和着悲哀吞他的饭，谁不曾拥着半夜的孤衾饮泣？我们应得感谢上苍的是他不可度量的心裁，不但在生物的境界中他创造了不可计数的种类，就这悲哀的人生也是因人差异，各各不同，——同是一个碎心，却没有同样的碎痕，同是一滴眼泪，却难寻同样的泪晶。

彼得我爱，我说过我是你的父亲。但我最后见你的时候你才不满四月，这次我再来欧洲你已经早一个星期回去，我见着的只你的遗像，那太可爱；与你一撮的遗灰，那太可惨。你生前日常把弄的玩具——小车，小马，小鹅，小琴，小书——你妈曾经件件的指给我看，你在时穿着的衣褂鞋帽，你妈与你大大也曾含着眼泪从箱里理出来给我抚摩，同时她们讲你生前的故事，直到你的影像活现在我的眼前，你的脚踪仿佛在楼板上踹响。你是不认识你父亲的，彼得，虽则我听说他的名字常在你的口边，他的肖像也常受你小口的亲吻，多谢你妈与你大大的慈爱与真挚，她们不仅永远把你放在她们心坎的底里，她们也使我，没福见着你的父亲，知道你，认识你，爱你，也把你的影像，活泼，美慧，可爱，永远镂上了我的心版。那天在柏林的会馆里，我手捧着那收存你遗灰的锡瓶，你妈与你七舅站在旁边止不住滴泪，你的大大哽咽着，把一个小花圈挂上你的门前——那时间我，你的父亲，觉着心里有一个尖锐的刺痛，这才初次明白曾经有一点血肉从我自己的生命里分出，这才觉得父性的爱像泉眼似的在性灵里汩汩地流出：只可惜是迟了，这慈爱的甘液不能救活已经萎折了的鲜花，只能在他纪念日的周遭永远无声地流转。

彼得，我说我要借这机会稍稍爬梳我年来的郁积；但那也不见得容易；要说的话仿佛就在口边，但你要它们的时候，它们又不在口边：像是长在大块岩石底下的嫩草，你得有力量翻起那岩石才能把它不伤损的连根起出——谁知道那根长得多深！是恨，是怨，是忏悔，是怅惘？许是恨，许是怨，许是忏悔，许是怅惘。荆棘刺入了行路人的胫踝，他才知道这路的难走；但为什么有荆棘？是它们自己长着，还是有人成心种着的？也许是你自己种下的？至少你不能完全抱怨荆棘，一则因为这道是你自愿才来走的，再则因为那刺伤是你自己的脚踏上了荆棘的结果，不是荆棘自动来刺你——但又谁知道，因此我有时想，彼得，像你倒真是聪明：你来时是一团活泼，光亮的天真，你去时也还是一个光亮，活泼的灵魂；你来人间真像是短期的作客，你知道的是慈母的爱，阳光的和暖与花草的美丽，你离开了妈的怀抱，你回到了天父的怀抱，我想他听你欣欣地回报这番作客——只尝甜浆，不吞苦水——的经验，他上年纪的脸上一定满布着笑容——你的小脚踝上不曾碰着过无情的荆刺，你穿来的白衣不曾沾着一斑的泥污。

但我们，比你住久的，彼得，却不是来作客；我们是遭放逐，无形的解差永远在后背催逼着我们赶道：为什么受罪，前途是哪里，我们始终不曾明白，我们明白的只是底下流血的胫踝，只是这无思的长路，这时候想回头已经太迟，想中止也不可能，我们真的羡慕，彼得，像你那谪期的简净。

在这道上遭受的，彼得，还不止是难，不止是苦，最难堪的是逐步相追的嘲讽，身影似的不可解脱。我既是你的父亲，彼得，比方说，为什么我不能在你的生前，日子虽短，给你应得的慈爱，为什么要到这时候，你已经去了不再回来，我才觉着骨肉的关连？并且假如我这番不到欧洲，假如我在万里外接到你的死耗，我怕我只能看作水面上的云影，来时自来，去时自去：正如你生前我不知欣喜，你在时我不知爱惜，你去时也不能过分动我的情感。我自分不是无情，不是寡恩，为什么我对自身的血肉，反是这般不近情的冷漠？彼得，我问为什么，这问的后身便是无限的隐痛；我不能怨，我不能恨，更无从悔，我只是怅惘，我只能问！明知是自苦的揶揄，但我只能忍受。而况揶揄还不止此，我自身的父母，何尝不赤心地爱我；但他们的爱却正是造成我痛苦的原因；我自己也何尝不笃爱我的亲亲，但我不仅不能尽我的责任，不仅不曾给他们想望的快乐，我，他们的独子，也不免加添他们的烦愁，造作他们的痛苦，这又是为什么？在这里，我也是一般的不能恨，不能怨，更无从悔，我只是怅惘——我只能问。昨天我是个孩子，今天已是壮年；昨天腮边还带着圆润的笑涡，今天头上已见星星的白发；光阴带走的往迹，再也不容追赎，留下在我们心头的只是些揶揄的鬼影；我们在这道上偶尔停步回想的时候，只能投一个虚圈的“假使当初”，解嘲已往的一切。但已往的教训，即使有，也不能给我们利益，因为前途还是不减启程时的渺茫，我们还是不能选择取由的途径——到那天我们无形的解差喝住的时候，我们唯一的权利，我猜想，也只是再丢一个虚圈更大的“假使”，圆满这全程的寂寞，那就是止境了。

选自《自剖》

欧游漫录（节选）

六、西伯利亚

一个人到一个不曾去过的地方不免有种种的揣测，有时甚至害怕；我们不很敢到死的境界去旅行也就如此。西伯利亚：这个地名本来就容易使人发生荒凉的联想，何况现在又变了有色彩的去处，再加谣传，附会，外国存心诬蔑苏俄的报告，结果在一般人的心目中这条平坦的通道竟变了不可测的畏途。其实这都是没有根据的。西伯利亚的交通照我这次的经验看，并不怎样比旁的地方麻烦，实际上那边每星期五从赤塔开到莫斯科（每星期三自莫至赤）的特快虽则是七八天的长途车，竟不曾耽误时刻，那在中国就是很难得的了，你们从北京到满洲里，从满洲里到赤塔，尽可以坐二等车，但从赤塔到俄京那一星期的路程我劝你们不必省这几十块钱（不到五十），因为那国际车真是舒服，听说战前连洗澡都有设备的，比普通车位差太远了，坐长途火车是顶累人不过的，像我自己就有些晕车，所以有可以节省精力的地方还是多破费些钱来得上算，固然坐上了国际车你的同道只是体面的英美德法人；你如其要参与俄国人的生活时不妨去坐普通车，那就热闹了，男女不分的，小孩是常有的，车间里四张床位，除了各人的行李以外，有的是你意想不到的布置。我说给你们听听：洋磁面盆，小木坐凳，小孩坐车，各式药瓶，洋油锅子，煎咖啡铁罐，牛奶瓶、酒瓶，小儿玩具，晾湿衣服绳子，满地的报纸，乱纸，花生壳，向日葵子壳，痰唾，果子皮，鸡子壳，面包屑……房间里的味道也就不消细说，你们自己可以想象，老实说我有点受不住，但是俄国人自会作他们的乐，往往在一团氤氲（当然大家都吸烟）的中间，说笑的自说笑，唱歌的自唱歌，看书的看书，磕睡的磕睡，同时玻璃上的蒸汽全结成了冰屑，车外只是白茫茫的一片，静悄悄的莫有声息，偶尔在树林的边沿看得见几处木板造成的小屋，屋顶透露着一缕青灰色的烟痕，报告这荒凉境地里的人迹。

吃饭一路上都有餐车，但不见佳而且贵，愿意省钱的可以到站时下去随便买些食物充饥，这每一路站上都有一两间小木屋（要不然就是几位老太太站在露天提着篮端着瓶子做生意）卖杂物的：面包，牛奶，生鸡蛋，熏鱼，苹果都是平常买得到的（记着我过路的时候是三月，满地还是冰雪，解冻的时候东西一定更多）。

我动身前有人警告我说："苏俄的忌讳多得很，你得留神；上次有几个美国人在餐车里大声叫仆欧（应得叫Comrade康姆拉特，意思是朋友同志或伙计）叫他们一脚踢下车去死活不知下落，你这回可小心！"那是不是神话我不曾有工夫去考据；但为叫一声仆欧就得受死刑（苏州人说的"路倒尸"）我看来有些不像，实际上出门人莫谈政治，倒是真的，尤其在革命未定的国家，关于苏俄我下面再讲。我们餐车的几位康姆拉特都是顶年轻的，其中有一位实在不很讲究礼节，他每回来招呼吃饭，就像是上官发命令，斜瞟着一双眼，使动着一个不耐烦的指头，舌尖上滚出几个铁质的字音，砰的阖上你的房门，他又到间壁去发命令了！他是中等身材，胸背是顶宽的，穿一身水色的制服，肩上放一块擦桌白布，走路像疾风似的有劲；但最有意思的是他的脑袋，椭圆的脸盘，扁平的前额上斜撩着一两鬈短发，眼睛不大但显示异常的决断力，颧骨也长得高，像一个有威权的人；他每回来伺候你的神情简直要你发抖：他不是来伺候，他是来试你的胆量（我想胆子小些的客人见了他真会哭的！），他手里的杯盘刀叉就像是半空里下冰雪一片片直削到你的面前，叫你如何不心寒；他也不知怎的有那么大气，绷紧着一张脸，我始终不曾见他露过些微的笑容；我也曾故意比着可笑的手势想博他一个和善些的顾盼，谁知不行，他的脸上笼罩着西伯利亚一冬的严霜，轻易如何消得；真的，他那肃杀的气概不仅是为威吓外来的过客，因为他对他的同僚我留神观察也并没有更温和的嘴脸；顶叫人不舒服的是他那口角边总是紧紧地咬着一枝半焦的俄国纸烟，端菜时也在那里，说话时也在那里，仿佛他一腔的愤慨只有永远嚼紧着牙关方可以强勉地耐着！后来看惯了倒也不觉得什么，我可是替他题了一个确切不过的徽号，叫他做"饭车里的拿破仑"，我那意大利朋友十二分地称赞我，因为他那体魄，他那神气，他的简决，尤其是他前额上斜着的几根小发，有时他悻悻地独自在餐车那一头站着，紧攒着眉头，一只手贴着前胸，谁说这不是拿翁再世的相儿？

七、西伯利亚（续）

西伯利亚只是人少，并不荒凉。天然的景色亦自有特色，并不单调，贝加尔湖周围最美，乌拉尔一带连绵的森林亦不可忘。天气晴爽时空气竟像是透明的，亮极了，再加地面上雪光的反映，真叫你耀眼。你们住惯城里的难得有机会饱尝清洁的空气；下回你们要是路过西伯利亚或是同样地方，千万不要躲懒，逢站停车时，不论天气怎样冷，总得下去散步，借冰清尖锐的气流洗净你恶浊的肺胃；那真是一个快乐，不仅你的鼻孔，就是你面上与颈根上露在外面的毛孔，都受着最甜美的洗礼，给你倦懒的性灵一剂绝烈的刺戟，给你松散的筋肉一个有力的约束，激荡你的志气，加添你的生命。

再有你们过西伯利亚时记着：不要忙吃晚饭，牺牲最柔媚的晚景。雪地上的阳光有时幻成最娇嫩的彩色，尤其是夕阳西渐时，最普通是银红，有时鹅黄稍带绿晕。四年前我游小瑞士时初次发现雪地里光彩的变幻，这回过西伯利亚看得更满意；你们试想象晚风静定时在一片雪白平原上，疏玲玲的大树间，斜刺里平添出几大条鲜艳的彩带，是幻是真，是真是幻，那妙趣到你亲身经历时从容地辨认罢。

但我此时却不来复写我当时的印象，那太吃苦了，你们知道这逼紧了你的记忆召回早已消散了的景色，再得应用想象的光辉照出他们颜色的深浅，是一件极伤身的工作，比发寒热时出汗还凶。并且这来碰着记不清的地方你就得凭空造，那你们又不愿意了不是？好，我想出了一个简便的办法；我这本记事册的前面有几页当时随兴涂下的杂记，我就借用不是省事，就可惜我做事情总没有常性，什么都只是片断，那几段琐记又是在车上用铅笔写的英文，十个字里至少有五个字不认识，现在要来对号，真不易！我来试试。

（1）西伯利亚并不坏，天是蓝的，日光是鲜明的，暖和的，地上薄薄的铺着白雪，矮树，丛草，白皮松，到处看得见。稀稀的住人的木房子。

（2）方才过一站，下去走了一走，顶暖和。一个十几岁左右卖牛奶的小姑娘手里拿瓶子卖鲜牛奶给我们。她有一只小圆脸，一双聪明的监眼，白净的皮肤，清秀有表情的面目，她脚上的套鞋像是一对张着大口的黄鱼，她的袦子也是古怪的样子，我的朋友给她一个半卢布的银币。她的小眼睛滚上几滚，接了过去仔细地查看，她开口问了。她要知道这钱是不是真的通用的银币；“好的，好的，自然好的！”旁边站着看的人（俄国车站上多的是闲人）一齐喊了。她露出一点子的笑容，把钱放进了口袋，一瓶牛奶交给客人，翻着小眼对我们望望，转身快快地跑了去。

（3）入境愈深，当地人民的苦况益发的明显。今天我在赤塔站上留心地看。褴褛的小孩子，从三四岁到五六岁，在站上问客人讨钱，并且也不是客气的讨法，似乎他们的手伸了出来决不肯空了回去的。不但在月台上，连站上的饭馆里都有，无数成年的男女，也不知做什么来的，全靠着我们吃饭处的木栏，斜着他们呆顿的不移动的注视看着你蒸气的热汤或是你肘子边长条的面包。他们的样子并不恶，也不凶，可是晦涩而且阴沉，看着他们的面貌你不由得不疑问这里的人民知不知道什么是自然的喜悦的笑容。笑他们当然是会得的；尤其是狂笑，当他们受足了vodka[①]的影响，但那时的笑是不自然的，表示他们的变态，不是上帝给我们的喜悦。这西伯利亚的土人，与其说是受一个有自制力的脑府支配的人的身体，不如说是一捆捆的原始的人道，装在破烂的黄色或深黄色的布褂与奇大的毡鞋里，他们行动，他们工作，无非是受他们内在的饿的力量所驱使，再没有别的可说了。

（4）在Irkutsk[②]车停一时许，他们全下去走路，天早已黑了，站内的光亮只是几只贴壁的油灯，我们本想出站，却反经过一条夹道走进了那普通待车室，在昏迷的灯光下辨认出一屋子黑魆魆的人群，那景象我再也忘不了，尤其是那气味！悲悯心禁止我尽情地描写；丹德假如到此地来过，他的地狱里一定另添一番色彩！

对面街上有一山东人开着一家小烟铺，他说他来了二十年，积下的钱还不够他回家。

（5）俄国人的生活我还是懂不得。店铺子窗户里放着的各式物品是容易认识的，但管铺子做生意的那个人，头上戴着厚毡帽，脸上满长着黄色的细毛，是一个不可捉摸的生灵；拉车的马甚至那奇形的雪橇是可以领会的，但那赶车的紧裹在他那异样的袍服里，一只戴皮

①伏特加。

②伊尔库茨克，苏联东西伯利亚城市。

套的手扬着一根古旧的皮鞭，是一个不可思议的现象。

我怎样来形容西伯利亚天然的美景？气氛是晶澈的，天气澄爽时的天蓝是我们在灰沙里过日子的所不能想象的异景。森林是这里的特色：连绵，深厚，严肃，有宗教的意味。西伯利亚的林木都是直干的：不问是松，是白杨是青松或是灌木类的矮树丛，每株树的尖顶总是正对着天心。白杨林最多，像是带旗帜的军队，各式的军徽奕奕地闪亮着；兵士们屏息地排列着，仿佛等候什么严重的命令。松树林也多茂盛的：干子不大，也不高，像是稚松，但长得极匀净，像是园丁早晚修饰的盆景。不错；这些树的倔强的不曲性是西伯利亚，或许是俄罗斯，最明显的特性。

——我窗外的景色极美；夕阳正从西北方斜照过来，天空，嫩蓝色的，是轻敷着一层纤薄的云气，平望去都是齐整的树林，严青的松，白亮的杨，浅棕的笔竖的青松——在这雪白的平原上形成一幅色彩融和的静景。树林的顶尖尤其是美，他们在这肃静的晚景中正像是无数寺院的尖阁，排列着，对高高的蓝天默祷。在这无边的雪地里有时也看得见住人的小屋，普通是木板造屋顶铺瓦，颇像中国房子，但也有黄或红色砖砌的。人迹是难得看见的；这全部风景的情调是静极了，缄默极了，倒像是一切动性的事物在这里是不应得有位置的；你有时也看得见迟顿的牲口在雪地的走道上慢慢地动着，但这也不像是有生活的记认。……

选自《自剖》

印度洋上的秋思

昨夜中秋。黄昏时西天挂下一大帘的云母屏，掩住了落日的光潮，将海天一体化成暗蓝色，寂静得如黑衣尼在圣座前默祷。过了一刻，即听得船梢布篷上窸窸窣窣啜泣起来，低压的云夹着迷蒙的雨色，将海线逼得像湖一般窄，沿边的黑影，也辨认不出是山是云，但涕泪的痕迹，却满布在空中水上。

又是一番秋意！那雨声在急骤之中，有零落萧疏的况味，连着阴沉的气氲，只是在我灵魂的耳畔私语道："秋！"我原来无欢的心境，抵御不住那样温婉的浸润，也就开放了春夏间所积受的秋思，和此时外来的怨艾构合，产出一个弱的婴儿——"愁"。

天色早已沉黑，雨也已休止。但方才啜泣的云，还疏松地幕在天空，只露着些惨白的微光，预告明月已经装束齐整，专等开幕。同时船烟正在莽莽苍苍地吞吐，筑成一座蟒鳞的长桥，直联及西天尽处，和轮船泛出的一流翠波白沫，上下对照，留恋西来的踪迹。

北天云幕豁处，一颗鲜翠的明星，喜孜孜地先来问探消息，像新嫁媳的侍婢，也穿扮得遍体光艳。但新娘依然姗姗未出。

我小的时候，每于中秋夜，呆坐在楼窗外等看"月华"。若然天上有云雾缭绕，我就替"亮晶晶的月亮"担忧。若然见了鱼鳞似的云彩，我的小心就欣欣怡悦，默祷着月儿快些开花，因为我常听人说只要有"瓦楞"云，就有月华；但在月光放彩以前，我母亲早已逼我去上床，所以月华只有我脑筋里一个不曾实现的想象，直到如今。

现在天上砌满了瓦楞云彩，霎时间引起了我早年许多有趣的记忆——但我的纯洁的童心，如今哪里去了！

月光有一种神秘的引力。她能使海波咆哮，她能使悲绪生潮。月下的喟息可以结聚成山，月下的情泪可以培畴百亩的畹兰，千茎的紫琳耿。我疑悲哀是人类先天的遗传，否则，何以我们几年不知悲感的时期，有时对着一泻的清辉，也往往凄心滴泪呢？

但我今夜却不曾流泪。不是无泪可滴，也不是文明教育将我最纯洁的本能锄净，却为是感觉了神圣的悲哀，将我理解的好奇心激动，想学契古特白登来解剖这神秘的“眸冷骨累”。冷的智永远是热的情的死仇。他们不能相容的。

但在这样浪漫的月夜，要来练习冷酷的分析，似乎不近人情！所以我的心机一转，重复将锋快的智刃剧起，让沉醉的情泪自然流转，听他产生什么音乐，让绻缱的诗魂漫自低回，看他寻出什么梦境。

明月正在云岩中间，周围有一圈黄色的彩晕，一阵阵的轻霭，在她面前扯过。海上几百道起伏的银沟，一齐在微叱凄其的音节，此外不受清辉的波域，在暗中愤愤涨落，不知是怨是慕。

我一面将自己一部分的情感，看入自然界的现象，一面拿着纸笔，痴望着月彩，想从她明洁的辉光里，看出今夜地面上秋思的痕迹，希冀她们在我心里，凝成高洁情绪的菁华。因为她光明的捷足，今夜遍走天涯，人间的恩怨，哪一件不经过她的慧眼呢？

印度的Ganges[①]（埂奇）河边有一座小村落，村外一个榕绒密绣的湖边，坐着一对情醉的男女，他们中间草地上放着一尊古铜香炉，烧着上品的水息，那温柔婉恋的烟篆，沉馥香浓的热气，便是他们爱感的象征——月光从云端里轻俯下来，在那女子胸前的珠串上，水息的烟尾上，印下一个慈吻，微哂，重复登上她的云艇，上前驶去。

①恒河。

一家别院的楼上，窗帘不曾放下，几枝肥满的桐叶正在玻璃上摇曳斗趣，月光窥见了窗内一张小蚊床上紫纱帐里，安眠着一个安琪儿似的小孩，她轻轻挨进身去，在他温软的眼睫上，嫩桃似的腮上，抚摩了一会儿。又将她银色的纤指，理齐了他脐圆的额发，霭然微哂着，又回她的云海去了。

一个失望的诗人，坐在河边一块石头上，满面写着幽郁的神情，他爱人的倩影，在他胸中像河水似的流动，他又不能在失望的渣滓里榨出些微甘液，他张开两手，仰着头，让大慈大悲的月光，那时正在过路，洗沐他泪腺湿肿的眼眶，他似乎感觉到清心的安慰，立即摸出一支笔，在白衣襟上写道：

"月光，你是失望儿的乳娘！"

面海一座柴屋的窗棂里，望得见屋里的内容：一张小桌上放着半块面包和几条冷肉，晚餐的剩余。窗前几上开着一本家用的《圣经》，炉架上两座点着的烛台，不住地在流泪，旁边坐着一个皱面驼腰的老妇人，两眼半闭不闭地落在伏在她膝上悲泣的一个少妇，她的长裙散在地板上像一只大花蝶。老妇人掉头向窗外望，只见远远海涛起伏，和慈祥的月光在拥抱密吻，她叹了声气向着斜照在《圣经》上的月彩嗫道：

"真绝望了！真绝望了！"

她独自在她精雅的书室里，把灯火一齐熄了，倚在窗口一架藤椅上，月光从东墙肩上斜泻下去，笼住她的全身，在花瓶上幻出一个窈窕的倩影，她两根垂辫的发梢，她微澹的媚唇，和庭前几茎高峙的玉兰花，都在静谧的月色中微颤，她加她的呼吸，吐出一股幽香，不但邻近的花草，连月儿闻了，也禁不住迷醉，她腮边天然的妙涡，已有好几月不圆满；她瘦损了。但她在想什么呢？月光，你能否将我的梦魂带去，放在离她三五尺的玉兰花枝上。

威尔斯西境一座矿床附近，有三个工人，口衔着笨重的烟斗，在月光中闲坐。他们所能想到的话都已讲完，但这异样的月彩，在他们对面的松林，左首的溪水上，平添了不可言语比说的妩媚，唯有他们工余倦极的眼珠不阖，彼此不约而同今晚较往常多抽了两斗的烟，但他们矿火熏黑、煤块擦黑的面容，表示他们心灵的薄弱，在享乐烟斗以外，虽经秋月溪声的戟刺，也不能有精美情绪之反感。等月影移西一些，他们默默地扑出了一斗灰，起身进屋，各自登床睡去。月光从屋背飘眼望进去，只见他们都已睡熟；他们即使有梦，也无非矿内矿外的景色！

月光渡过了爱尔兰海峡，爬上海尔佛林的高峰，正对着静默的红潭。潭水凝定得像一大块冰，铁青色。四围斜坦的小峰，全都满铺着蟹青和蛋白色的岩片碎石，一株矮树都没有。沿潭间有些丛草，那全体形势，正像一大青碗，现在满盛了清洁的月辉，静极了，草里不闻虫吟，水里不闻鱼跃；只有石缝里潜涧沥淅之声，断续地作响，仿佛一座大教堂里点着一星小火，益发对照出静穆宁寂的境界，月儿在铁色的潭面上，倦倚了半晌，重复拔起她的银泻，过山去了。

昨天船离了新加坡以后，方向从正东改为东北，所以前几天的船梢正对落日，此后“晚霞的工厂”渐渐移到我们船向的左手来了。

昨夜吃过晚饭上甲板的时候，船右一海银波，在犀利之中含有幽秘的彩色，凄清的表情，引起了我的凝视。那放银光的圆球正挂在你头上，如其起靠着船头仰望。她今夜并不十分鲜艳：她精圆的芳容上似乎轻笼着一层藕灰色的薄纱；轻漾着一种悲喟的音调；轻染着几痕泪化的雾霭。她并不十分鲜艳，然而她素洁温柔的光线中，犹之少女浅蓝妙眼的斜瞟；犹之春阳融解在山巅白云反映的嫩色，含有不可解的迷力，媚态，世间凡具有感觉性的人，只要承沐着她的清辉，就发生也是不可理解的反应，引起隐复的内心境界的紧张，——像琴弦一样，——人生最微妙的情绪，戟震生命所蕴藏高洁名贵创现的冲动。有时在心理状态之前，或于同时，撼动躯体的组织，使感觉血液中突起冰流之冰流，嗅神经难禁之酸辛，内藏汹涌之跳动，泪腺之骤热与润湿。那就是秋月兴起的秋思——愁。

昨晚的月色就是秋思的泉源，岂止，直是悲哀幽骚悱怨沉郁的象征，是季候运转的伟剧中最神秘亦最自然的一幕，诗艺界最凄凉亦最微妙的一个消息。

今夜月明人尽望，不知秋思在谁家。

中国字形具有一种独一的妩媚，有几个字的结构，我看来纯是艺术家的匠心：这也是我们国粹之尤粹者之一。譬如“秋”字，已经是一个极美的字形；“愁”字更是文字史上有数的杰作；有石开湖晕，风扫松针的妙处，这一群点画的配置，简直经过柯罗的画篆，米佗朗其罗的雕圭，Chopin[①]的神感；像——用一个科学的比喻——原子的结构，将旋转宇宙的大力收缩成一个无形无踪的电核；这十三笔造成的象征，似乎是宇宙和人生悲惨的现象和经验，吁喟和涕泪，所凝成最纯粹精密的结晶，满充了催迷的秘力，你若然有高蒂闲（Gautier[②]）异超的知感性，定然可以梦到，愁字变形为秋霞黯绿色的通明宝玉，若用银槌轻击之，当吐银色的幽咽电蛇似腾入云天。

我并不是为寻秋意而看月，更不是为觅新愁而访秋月；蓄意沉浸于悲哀的生活，是丹德所不许的。我盖见月而感秋色，因秋窗而拈新愁：人是一簇脆弱而富于反射性的神经！

我重复回到现实的景色，轻裹在云锦之中的秋月，像一个遍体蒙纱的女郎，她那团圆清朗的外貌像新娘，但同时她幂弦的颜色，那是

①今译肖邦（1810—1849），波兰作曲家、钢琴家。

②今译戈蒂埃（1811—1872），法国诗人、小说家、评论家。

藕灰，她踟躇的行踵，掩泣的痕迹，又使人疑是送丧的丽姝。所以我曾说：

秋月呀！

我不盼望你团圆。

这是秋月的特色，不论她是悬在落日残照边的新镰，与“黄昏晓”竞艳的眉钩，中宵斗没西陲的金碗，星云参差间的银床，以至一轮腴满的中秋，不论盈昃高下，总在原来澄爽明秋之中，遍洒着一种我只能称之为“悲哀的轻霭”，和“传愁的以太”，即使你原来无愁，见此也禁不得沾染那“灰色的音调”，渐渐兴感起来！

秋月呀！

谁禁得起银指尖儿

浪漫地搔爬呵！

不信但看那一海的轻涛，可不是禁不住他一指的抚摩，在那里低徊饮泣呢！就是那

无聊的云烟，

秋月的美满，

熏暖了飘心冷眼，

也清冷地穿上了轻缟的衣裳，

来参与这

美满的婚姻和丧礼。

十月六日

此作于1922年10月6日作，后单篇发表于1922年12月29日《晨报副刊》。

我的祖母之死

一

一个单纯的孩子，
过他快活的时光，
兴匆匆的，活泼泼的，
何尝识别生存与死亡？

这四行诗是英国诗人华茨华斯（William Wordsworth）一首有名的小诗叫做“我们是七人”（We Are Seven）的开端，也就是他的全诗的主意。这位爱自然，爱儿童的诗人，有一次碰着一个八岁的小女孩，发卷蓬松的可爱，他问她兄弟姊妹共有几人，她说我们是七个，两个在城里，两个在外国，还有一个姊妹一个哥哥，在她家里附近教堂的墓园里埋着。但她小孩的心里，却不分清生与死的界限，她每晚携着她的干点心与小盘皿，到那墓园的草地里，独自地吃，独自地唱，唱给她的在土堆里眠着的兄姊听，虽则他们静悄悄的莫有回响，她烂漫的童心却不曾感到生死间有不可思议的阻隔；所以任凭华翁多方的譬解，她只是睁着一双灵动的小眼，回答说：

“可是，先生，我们还是七人。”

二

其实华翁自己的童真，也不让那小女孩的完全：他曾经说：“在孩童时期，我不能相信我自己有一天也会得悄悄的躺在坟里，我的骸骨会得变成尘土。”又一次他对人说：“我做孩子时最想不通的，是死的这回事将来也会得轮到我自己身上。”

孩子们天生是好奇的，他们要知道猫儿为什么要吃耗子，小弟弟从哪里变出来的，或是究竟先有鸡还是先有鸡蛋；但人生最重大的变端——死的现象与实在，他们也只能含糊地看过，我们不能期望一个个小孩子们都是搔头穷思的丹麦王子。他们临到丧故，往往跟着大人啼哭；但他只要眼泪一干，就会到院子里踢毽子，赶蝴蝶，即使在屋子里长眠不醒了的是他们的亲爹或亲娘，大哥或小妹，我们也不能盼望悼死的悲哀可以完全翳蚀了他们稚羊小狗似的欢欣。你如其对孩子说，你妈死了，你知道不知道——他十次里有九次只是对着你发呆；但他等到要妈叫妈，妈偏不应的时候，他的嫩颊上就会有热泪流下。但小孩天然的一种表情，往往可以给人们最深的感动。我生平最忘不了的一次电影，就是描写一个小孩爱恋已死母亲的种种天真的情景。她在园里看种花，园丁告诉她这花在泥里，浇下水去，就会长大起来。那天晚上天下大雨，她睡在床上，被雨声惊醒了，忽然想起园丁的话，她的小脑筋里就发生了绝妙的主意。她偷偷地爬出了床，走下楼梯，到书房里去拿下桌上供着的她死母的照片，一把揣在怀里，也不顾倾倒着的大雨，一直走到园里，在地上用园丁的小锄掘松了泥土，把她怀里的亲妈，谨慎地取了出来，栽在泥里，把松泥掩护着，她做完了工就蹲在那里守候—— 一个三四岁的女孩，穿着白色的睡衣，在深夜的暴雨里，蹲在露天的地上，专心笃意地盼望已经死去的亲娘，像花草一般，从泥土里发长出来！

三

我初次遭逢亲属的大故，是二十年前我祖父的死，那时我还不满六岁。那是我生平第一次可怕的经验，但我追想当时的心理，我对于死的见解也不见得比华翁的那位小姑娘高明。我记得那天夜里，家里人吩咐祖父病重，他们今夜不睡了，但叫我和我的姊妹先上楼睡去，回头要我们时他们会来叫的。我们就上楼去睡了，底下就是祖父的卧房，我那时也不十分明白，只知道今夜一定有很怕的事，有火烧，强盗抢，做怕梦，一样的可怕。我也不十分睡着，只听得楼下的急步声，碗碟声，唤婢仆声。隐隐的哭泣声，不息地响着。过了半夜，他们上来把我从睡梦里抱了下去，我醒过来只听得一片的哭声，他们已经把长条香点起来，一屋子的烟，一屋子的人，围拢在床前，哭的哭，喊的喊，我也挨了过去，在人丛里偷看大床里的好祖父。忽然听说醒了醒了，哭喊声也歇了，我看见父亲趴在床里，把病父抱持在怀里。祖父倚在他的身上，双眼紧闭着，口里衔着一块黑色的药物，他说话了，很清的声音，虽则我不曾听明他说的什么话，后来知道他经过了一阵昏晕，他又醒了过来对家人说："你们吃吓了，这算是小死。"他接着又说了好几句话，随讲音随低，呼气随微，去了，再不醒了，但我却不曾亲见最后的弥留，也许是我记不起，总之我那时早已跪在地板上，手里擎着香，跟着大家高声地哭喊了。

四

此后我在亲戚家收殓虽则看得不少，但死的实在的状况却不曾见过。我们念书人的幻想是比较的丰富，但往往因为有了幻想力，就不管生命现象的实在，结果是书呆子，陆放翁说的"百无一用是书生”，人生的范围是无穷的：我们少年时精力充足什么都不怕尝试，只愁没有出奇的事情做，往往抱怨这宇宙太窄，青天太低，大鹏似的翅膀飞不痛快，但是……但是平心地说，且不论奇的，怪的，特别的，离奇的，我们姑且试问人生里最基本的事实，最单纯的，最普遍的，最平庸的，最近人情的经验，我们究竟能有多少的把握，我们能有多少深彻的了解，我们是否都亲身经历过？譬如说：生产，恋爱，痛苦，悲，死，妒，恨，快乐，真疲倦，真饥饿，渴，毒焰似的渴，真的幸福，冻的刑罚，忏悔，种种的情热。我可以说，我们平常人生观，人类，人道，人情，真理，哲理，本能等等名词不离口吻的念书人们，什么文学家，什么哲学家——关于真正人生基本的事实的实在，知道的——恐怕是极微至鲜，即便不等于圆圈。我有一个朋友，他和夫人的感情极厚，一次他夫人临到难产，因为在外国，所以进医院什么都得他自己照料，最后医生宣言只有用手术一法，但性命不能担保，他没有法子，只好和他半死的夫人诀别（解剖时亲属不准在旁的）。满心毒魔似的难受，他出了医院，走在道上，走上桥去，像得了离魂病似的，心脉舂臼似的跳着，最后他听着了教堂和缓的钟声，他就不自主地跟着钟声，进了教堂，跟着在做礼拜的跪着，祷告，忏悔，祈求，唱诗，流泪（他并不是信教的人），他这样的挨过时刻，后来回转医院时，一步步都是残酷的磨难，比上行刑场的犯人，加倍的难受，他怕见医生与看护妇，仿佛他的运命是在他们的手掌里握着。事后他对人说：“我这才知道了人生一点子的意味！”

五

所以不曾经历过精神或心灵的大变的人们，只是在生命的户外徘徊，也许偶尔猜想到几分墙内的动静，但总是浮的浅的，不切实的，甚至完全是隔膜的。人生也许是个空虚的幻梦，但在这幻象中，生与死，恋爱与痛苦，毕竟是陡起的奇峰，应得激动我们彷徨者的注意，在此中也许有可以感悟到一些幻里的真，虚中的实，这浮动的水泡不曾破裂以前，也应得饱吸自由的目光，反射几丝颜色！

我是一只不羁的野狗，我往往纵容想象的猖狂，诡辩人生的现实：比如凭借凹折的玻璃，觉察当前景色。但时而复再，我也能从烦嚣的杂响中听出清新的乐调，在炫耀的杂彩里，看出有条理的意匠。

祖母的大故，老家庭的生活，给我不少静定的时刻，不少深刻的反省。我不敢说我因此感悟了部分的真理，或是取得了若干的智慧；我只能说我因此与实际生活更深了一层的接触，益发激动我对于人生种种好奇的探讨，益发使我惊讶这迷谜的玄妙，不但死是神奇的现象，不但生命与呼吸是神奇的现象，就连日常的生活与习惯与迷信，也好像放射着异样的光闪，不容我们擅用一两个形容词来概状，更不容我们倡言什么主义来抹煞——一个革新者的热心，碰着了实在的寒冻！

六

我在我的日记里翻出一封不曾写完不曾付寄的信，是我祖母死后第二天的早上写的。我时在极强烈的极鲜明的时刻内，很想把那几日经过感想与疑问，痛快地写给一个同情的好友，使他在数千里外也能分尝我强烈的鲜明的感情。那位同情的好友我选中了通伯，但那封信却只起了一个呆重的头，一为丧中忙，二是我那时眼热不耐用心，始终不曾写就，一直挨到现在再想补写，恐怕强烈已经变弱，鲜明已经变暗，逃亡的思绪，不易追获的了。我现在把那封残信录在这里，再来追摹当时的情景。

通伯：

我的祖母死了！从昨夜十时半起，直到现在，满屋子只是号啕呼抢的悲音，与和尚道士女僧的礼忏鼓磬声。二十年前祖父丧时的情景，如今又在眼前了。忘不了的情景！你愿否听我讲些？

我一路回家，怕的也许已经见不到老人，但老人却在生死的交关仿佛存心地弥留着，等待她最钟爱的孙儿——即不能与他开言诀别，也使他尚能把握她依然温暖的手掌，抚摩她依然跳动着的胸怀，凝视她依然能自开自阖虽则不再能表情的目睛。她的病是脑充血的一种，中医称为“卒中”（最难救的中风）。她十日前在暗房里踬仆倒地，从此不再开口出言，登仙似的结束了她八十四年的长寿，六十年良妻与贤母的辛勤，她现在已经永远地脱辞了烦恼的人间，还归她清静自在的来处。我们承受她一生的厚爱与荫泽的儿孙，此时亲见，将来追念，她最后的神化，不能自禁中怀的摧痛，热泪暴雨似的盆涌，然痛心中却亦隐有无穷的赞美，热泪中依稀想见她功成德备的微笑，无形中似有不朽的灵光，永远地临照她绵衍的后裔……

七

旧历的乞巧那一天，我们一大群快活地游踪，驴子灰的黄的白的，轿子四个脚夫抬的，正在山海关外，迂回地，曲折地绕登角山的栖贤寺，面对着残圮的长城，巨虫似的爬山越岭，隐入烟霭的迷茫。那晚回北戴河海滨住处，已经半夜，我们还打算天亮四点钟上莲峰山去看日出，我已经快上床，忽然想起了，出去问有信没有，听差递给我一封电报，家里来的四等电报。我就知道不妙，果然是“祖母病危速回”！我当晚就收拾行装，赶早上六时车到天津，晚上才上津浦快车。正嫌路远车慢，半路又为发水冲坏了轨道过不去，一停就停了十二点钟有余，在车里多过了一夜，直到第三天的中午方才过江上沪宁车。这趟车如其准点到上海，刚好可以接上沪杭的夜车，谁知道又误了点，误了不多不少的一分钟，一面我们的车进站，它们的车头呜的一声叫，别断别断地去了！我若然悬空身子，还可以冒险跳车，偏偏我的一双手又被行李雇定了，所以只得定着眼睛送沪杭车离站远去，直到八月二十二日的中午我方才到家。我给通伯的信说“怕的是已经见不着老人”，在路上那几天真是难受，缩不短的距离没有一昼夜到家！试想病危了的八十四岁的老人，这二十四点钟不是容易过的，说不定她刚巧在这个期间内有什么动静，那才叫人抱愧呢，可是结果还算没有多大的差池——她老人家还在生死的交关等着！

八

奶奶——奶奶——奶奶！奶——奶！你的孙儿回来了，奶奶！没有回音。老太太阖着眼，仰面躺在床里，右手拿着一把半旧的雕翎扇很自在地扇动着。老太太原来就怕热，每到暑天总是扇子不离手的，那几天又是特别的热。这还不是好好的老太太，呼吸顶匀净的，定是睡着了，谁说危险！奶奶，奶奶！她把扇子放下了，伸手去摸着头顶上挂着的冰袋，一把抓得紧紧的，呼了一口长气，像是暑天赶道儿的喝了一碗凉汤似的，这不是她明明的有感觉不是？我把她的手握在手里，她似乎感觉我手心的热，可是她也让我握着，她开眼了！右眼张得比左眼开些，瞳子却是发呆，我拿手指在她的眼前一挑，她也没有瞬，那准是她瞧不见了——奶奶！奶奶，——她也真没有听见，难道她真是病了，真是危险，这样爱我疼我宠我的好祖母，难道真会得……我心里一阵的难受，鼻子里一阵的酸，滚热的眼泪就迸了出来。这时候床前已经挤满了人，我的这位，我的那位，我一眼看过去，只见一片惨白忧愁的面色，一只只装满了泪珠的眼眶。我的妈更看得憔悴。她们已经伺候了六天六夜，妈对我讲祖母这回不幸的情形，怎样的她夜饭前还在大厅上吩咐事情，怎样的饭后进房去自己擦脸，不知怎样的闪了下去，外面人听着响声才进去，已经是不能开口了，怎样的请医生，一直到现在还没有转机……

一个人到了天伦骨肉的中间，整套的思想情绪，就变换了式样与颜色。你的不自然的口音与语法没有用了；你的耀眼的袍服可以不必穿了；你的洁白的天使的翅膀，预备飞翔出人间到天堂的，不便在你的慈母跟前自由的开豁；你的理想的楼台亭阁，也不易轻易地放进这二百年的老屋；你的佩剑，要寨，以及种种的防御，在争竞的外界即使是必要的，到此只是可笑的累赘。在这里，不比在其余的地方，他们所要求于你的，只是随熟的声音与笑貌，只是好的，纯粹的本性，只是一个没有斑点子的赤裸裸的好心。在这些纯爱的骨肉的经纬中间，不由得你不从你的天性里抽出最柔糯亦最有力的几缕丝线来加密或是缝补这幅天伦的结构。

所以我那时坐在祖母的床边，含着两朵热泪，听母亲叙述她的病况，我脑中发生了异常的感想，我像是至少逃回了二十年的光阴，正如我膝前子侄辈一般的高矮，回复了一片纯朴的童真，早上走来祖母的床前，揭开帐子叫一声软和的奶奶，她也回叫了我一声，伸手到里床去摸给我一个蜜枣或是三片状元糕，我又叫了一声奶奶，出去玩了，那是如何可爱的辰光，如何可爱的天真，但如今没有了，再也不回来了。现在床里躺着的，还不是我亲爱的祖母，十个月前我伴着到普陀登山拜佛清健的祖母，但现在何以不再答应我的呼唤，何以不再能表情，不再能说话，她的灵性哪里去了？

九

一天，一天，又是一天——在垂危的病榻前过的时刻，不比平常飞驶无碍的光阴，时钟上同样的一声的嗒，直接地打在你的焦急的心里，给你一种模糊的隐痛——祖母还是照样的眠着，右手的脉自从起病以来已是极微仅有的，但不能动弹的却反是有脉的左侧，右手还时不时在挥扇，但她的呼吸还是一例的平匀，面容虽不免瘦削，光泽依然不减，并没有显著的衰象，所以我们在旁边看她的，差不多每分钟都盼望她从这长期的睡眠中醒来，打一个哈欠，就开眼见人，开口说话——果然她醒了过来，我们也不会觉得离奇，像是原来应当似的。但这究竟是我们亲人绝望中的盼望，实际上所有的医生，中医，西医，针医，都已一致地回绝，说这是“不治之症”，中医说这脉象是凭证，西医说脑壳里血管破裂，虽则植物性机能——呼吸，消化——不曾停止，但言语中枢已经断绝——此外更专门更玄学更科学的理论我也记不得了。所以暂时不变的原因，就在老太太本来的体元太好了，拳术家说的“一时不能散工”，并不是病有转机的兆头。

我们自己人也何尝不明白这是个绝症；但我们却总不忍自认是绝望：这“不忍”便是人情。我有时在病榻前，在凄悒的静默中，发生了重大的疑问。科学家说人的意识与灵感，只是神经系最高的作用，这复杂，微妙的机械，只要部分有了损伤或是停顿，全体的动作便发生相当的影响；如其最重要的部分受了扰乱，他不是变成反常的疯癫，便是完全的失去意识。照这一说，体即是用，离了体即没有用；灵魂是宗教家的大谎，人的身体一死什么都完了。这是最干脆不过的说法，我们活着时有这样有那样已经尽够麻烦，尽够受，谁还有兴致，谁还愿意到坟墓的那一边再去发生关系，地狱也许是黑暗的，天堂是光明的，但光明与黑暗的区别无非是人类专擅的假定，我们只要摆脱这皮囊，还归我清静，我就不愿意头戴一个黄色的空圈子，合着手掌跪在云端里受罪！

再回到事实上来，我的祖母——一位神志最清明的老太太——究竟在哪里？我既然不能断定因为神经部分的震裂她的灵感性便永远的消灭，但同时她又分明的失却了表情的能力，我只能设想她人格的自觉性，也许比平时消淡了不少，却依旧是在着，像在梦魇里将醒未醒时似的，明知她的儿女孙会不住地叫唤她醒来，明知她即使要永别也总还有多少的嘱咐，但是可怜她的眼球再不能反映外界的印象，她的声带与口舌再不能表达她内心的情意，隔着这脆弱的肉体的关系，她的性灵再不能与她最亲的骨肉自由的交通——也许她也在整天整夜地伴着我们焦急，伴着我们伤心，伴着我们出泪，这才是可怜，这才真叫人悲感哩！

十

到了八月二十七那天，离她起病的第十一天，医生吩咐脉象大大地变了，叫我们当心，这十一天内每天她很困难地只咽入几滴稀薄的米汤，现在她的面上的光泽也不如早几天了，她的目眶更陷落了，她的口部的肌肉也更宽弛了，她右手的动作也减少了，即使拿起了扇子也不再能很自然地扇动了——她的大限的确已经到了。但是到晚饭后，反是没有什么显像。同时一家人着了忙，准备寿衣的，准备冥银的，准备香灯等等的。我从里走出外，又从外走进里，只见匆忙的脚步与严肃的面容。这时病人的大动脉已经微细的不可辨，虽则呼吸还不至怎样的急促。这时一门的骨肉已经齐集在病房里，等候那不可避免的时刻。到了十时光景，我和我的父亲正坐在房的那一头一张床上，忽然听得一个哭叫的声音说——“大家快来看呀，老太太的眼睛张大了！”这尖锐的喊声，仿佛是一大桶的冰水浇在我的身上，我所有的毛管一齐竖了起来，我们踉跄地奔到了床前，挤进了人群。果然，老太太的眼睛张大了，张得很大了！这是我一生从不曾见过，也是我一辈子忘不了的眼见的神奇。（恕罪我的描写！）不但是两眼，面容也是绝对的神变了（Transfigured）；她原来皱缩的面上，发出一种鲜润的彩泽，仿佛半瘀的血脉，又一次在全身通畅了。她那布满皱纹的面颊也都回复了异样的丰润；同时她的呼吸渐渐地上升，急进的短促，现在已经几乎脱离了气管，只在鼻孔里脆响地呼出了。但是最神奇不过的是一只眼睛！她的瞳孔早已失去了收敛性，呆顿地放大了。但是最后那几秒钟！不但眼眶是充分地张开了，不但黑白分明，瞳孔锐利地紧敛了，并且放射着一种不可形容，不可信的辉光，我只能称它为“生命最集中的灵光”！这时候床前只是一片的哭声，子媳唤着娘，孙子唤着祖母，婢仆争喊着老太太，几个稚龄的曾孙，也跟着狂叫太太……但老太太最后的开眼，仿佛是与她亲爱的骨肉，作无言的诀别，我们都在号泣的送终，她也安慰了，她放心地去了。在几秒时内，死的黑影已经移上了老人的面部，遏灭了生命的异彩，她最后的呼气，正似水泡破裂，电光杳灭，菩提的一响，生命呼出了窍，什么都止息了。

十一

我满心充塞了死象的神奇，同时又须顾管我有病的母亲，她那时出性地号啕，在地板上滚着，我自己反而哭不出来；我自己也觉得奇怪，眼看着一家长幼的涕泪滂沱，耳听着狂沸时的呼抢号叫，我不但不发生同情的反应，却反而达到了一个超感情的，静定的，幽妙的意境，我想象地看见祖母脱离了躯壳与人间，穿着雪白的长袍，冉冉地上升天去，我只想默默地跪在尘埃，赞美她一生的功德，赞美她一生的圆寂。这是我的设想！我们内地人却没有这样纯粹的宗教思想；他们的假定是不论死的是高年厚德的老人或是无知无慾的幼孩，或是罪大恶极的凶人，临到弥留的时刻总是一例的有无常鬼，摸壁鬼，牛头马面，赤发獠牙的阴差等等到门，拿着镣链枷锁，来捉拿阴魂到案。所以烧纸帛是平他们的暴戾，最后的呼抢是没奈何的诀别。这也许是大部分临死时实在的情景，但我们却不能概定所有的灵魂都不免遭受这样的凌辱。譬如我们的祖老太太的死，我能想象她是登天，只能想象她慈祥的神化——像那样鼎沸的号啕，固然是至性不能自禁，但我总以为不如匍伏隐泣或祷默，较为近情，较为合理。

理智发达了，感情便失去了自然的浓挚；厌世主义的看来，眼泪与笑声一样是空虚的，无意义的。但厌世主义姑且不论，我却不相信理智的发达，会得妨碍天然的情感；如其教育真有效力，我以为效力就在剥削了不合理性的“感情作用”，但决不会有损真纯的感情；他眼泪也许比一般人流得少些，但他等到流泪的时候，他的泪才是应流的泪。我也是智识愈开流泪愈少的一个人，但这一次却也真的哭了好几次。一次是伴我的姑母哭的，她为产后不曾复元，所以祖母的病一直瞒着她，一直到了祖母故后的早上方才通知她。她扶病来了，她还不曾下轿，我已经听出她在啜泣，我一时感觉一阵的悲伤，等到她出轿放声时，我也在房中歔欷不住。又一次是伴祖母当年的赠嫁婢哭的。她比祖母小十一岁，今年七十三岁，亦已是个白发的婆子，她也来哭她的“小姐”，她是见着我祖母的花烛的唯一个人，她的一哭我也哭了。

再有是伴我的父亲哭的。我总是觉得一个身体伟大的人，他动情感的时候，动人的力量也比平常人伟大些。我见了我父亲哭泣，我就忍不住要伴着淌泪。但是感动我最强烈的几次，是他一人倒在床里，反复地啜泣着，叫着妈，像一个小孩似的，我就感到最热烈的伤感，在他伟大的心胸里浪涛似的起伏，我就感到母子的感情的确是一切感情的起源与总结，等到一失慈爱的荫蔽，仿佛一生的事业顿时莫有了根柢，所有的欢乐都不能填平这唯一的缺陷；所以他这一哭，我也真哭了。

但是我的祖母果真是死了吗？她的躯体是的，但她是不死的。诗人勃兰恩德（Brlant）[①]说：

---

①今译布莱恩特（1794—1878），美国诗人，代表作为《死亡观》《致水鸟》等。

So live, that when thy summons comes to join the innumerable caravan, which moves to that mysterious realm where each one takes his chamber in the silent halls of death, then go not, like the quarry slave at night scourged to his dungeon, but sustained and soothed。

By an unfaltering truth, approach thy grave like one that wraps the drapery or his couch, about him, and lies down to pleasant dreams。①

如果我们的生前是尽责任的，是无愧的，我们就会安坦地走进我们的坟墓，我们的灵魂里不会有惭愧或悔恨的齿痕，人生自生至死，如勃兰恩德的比喻，真是大队的旅客在不尽的沙漠中进行，只要良心有个安顿，到夜里你卧倒在帐幕里也就不怕噩梦来缠绕。

我的祖母，在那旧式的环境里，到我们家来五十九年，真像是做了长期的苦工，如何尝有一日的安闲，不必说子女的嫁娶，就是一家的柴米油盐，扫地抹桌，哪一件事不在八十岁老人早晚的心上！我的伯父快近六十岁了，但他的起居饮食，还差不多完全是祖母经管的，初出世的曾孙如其有些身热咳嗽，老太太晚上就睡不安稳；她爱我宠我的深情，更不是文字所能描写；她那深厚的慈荫，真是无所不包，无所不蔽。但她的身心即使劳碌了一生，她的报酬却在灵魂的无上平安；她的安慰就在她的儿女孙曾，只要我们能够步到她的前例，各尽天定的责任，她在冥冥中也就永远地微笑了。

本文作于1923年11月24日，后单篇发表于《晨报五周年纪念增刊》，收《自剖》集。

---

①译文：活下去吧，当你被召唤，加入通往神秘之境的队伍，去往地府入住的时候，不要像奴隶般在深夜被鞭子抽回牢笼，而应保持镇定与平静。对真理毫不动摇的信念，使你在走进坟墓时就像一个上床睡觉的人，把毯子盖好，躺下做一个愉快的梦。

伤双栝老人①

看来你的死是无可置疑的了，宗孟先生，虽则你的家人们到今天还没法寻回你的残骸。最初消息来时，我只是不信，那其实是太兀突，太荒唐，太不近情。我曾经几回梦见你生还，叙述你历险的始末，多活现的梦境！但如今在栝树凋尽了青枝的庭院，再不闻“老人”的謦欬；真的没了，四壁的白联仿佛在微风中叹息。这三四十天来，哭你有你的内眷，姊妹，亲戚，悼你的私交；惜你有你的政友与国内无数爱君才调的士夫。志摩是你的一个忘年的小友。我不来敷陈你的事功，不来历叙你的言行；我也不来再加一份涕泪吊你最后的惨变。魂兮归来！此时在一个风满天的深夜握笔，就只两件事闪闪地在我心头：一是你的谐趣天成的风怀，一是髫年失怙的诸弟妹，他们，你在时，哪一息不是你的关切；便如今，料想你彷徨的阴魂也常在他们的身畔飘逗。平时相见，我倾倒你的语妙，往往含笑静听，不叫我的笨涩羼杂你的莹彻，但此后，可恨这生死间无情的阻隔，我再没有那样的清福了！只当你是在我跟前，只当是消磨长夜的闲谈，我此时对你说些琐碎，想来你不至厌烦罢。

先说说你的弟妹。你知道我与小孩子们说得来，每回我到你家去，他们一群四五个，连着眼珠最黑的小五，浪一般地拥上我的身

①本文是为悼念林徽因的父亲林长民而作。林长民，字宗孟。1920年，林长民偕女林徽因赴欧洲考察，在英国与徐志摩相遇，一见如故，成为忘年之交。其晚年门前栽植双栝，人称“双栝庐主人”。

来，牵住我的手，攀住我的头，问这样，问那样；我要走时他们就着了忙，抢帽子的，锁门的，嗄着声音苦求的——你也曾见过我的狼狈。自从你的噩耗到后，可怜的孩子们，从不满四岁到十一岁，哪懂得生死的意义，但看了大人们严肃的神情，他们也都发了呆，一个个木鸡似的在人前愣着。有一天听说他们私下在商量，想组织一队童子军，冲出山海关去替爸爸报仇！

"栝安"那虚报到的一个早上，我正在你家。忽然间一阵天翻似的闹声从外院陡起，一群孩子拥着一位手拿电纸的大声地欢呼着，冲锋似的陷进了上房。果然是大胜利，该得庆祝的："爹爹没有事！""爹爹好好的！"徽那里平安电马上发了去，省她急。福州电也发了去，省他们跋涉。但这欢喜的风景运定活不到三天，又叫接着来的消息给完全煞尽！

当初送你同去的诸君回来，证实了你的死信。那晚，你的骨肉一个个走进你的卧房，各自默恻恻地坐下，啊，那一阵子最难堪的噤寂，千万种痛心的思潮在各个人的心头，在这沉默的暗惨中，激荡，汹涌，起伏。可怜的孩子们也都泪滢滢地攒聚在一处，相互地偎着，半懂得情景的严重。霎时间，冲破这沉默，发动了放声的号啕，骨肉间至性的悲哀——你听着吗，宗孟先生，那晚有半轮黄月斜觑着北海白塔的凄凉？

我知道你不能忘情这一群童稚的弟妹。前晚我去你家时见小四小五在灵帏前翻着筋斗，正如你在时他们常在你的跟前献技。"你爹呢？"我拉住他们问。"爹死了"，他们嘻嘻地回答，小五搂住了小四，一和身又滚做一堆！他们将来的养育是你身后唯一的问题——说到这里，我不由地想起了你离京前最后几回的谈话。政治生活，你说你不但尝够而且厌烦了。这五十年算是一个结束，明年起你准备谢绝俗缘，亲自教课膝前的子女；这一清心你就可以用功你的书法，你自觉你腕下的精力，老来只是健进，你打算再花二十年工夫，打磨你艺术的天才；文章你本来不弱，但你想望的却不是什么等身的著述，你只求沥一生的心得，淘成三两篇不易衰朽的纯晶。这在你是一种觉悟；早年在国外初识面时，你每每自负你政治的异禀，即在年前避居津地时你还以为前途不少有为的希望，直至最近政态诡变，你才内省厌倦，认真想回复你书生逸士的生涯。我从最初惊讶你清奇的相貌，惊讶你更清奇的谈吐，我便不阿附你从政的热心，曾经有多少次我讽劝你趁早回航，领导这新时期的精神，共同发现文艺的新土。即如前年泰戈尔来时，你那兴会正不让我们年轻人；你这半百翁登台演戏，不辞劳倦的精神正不知给了我们多少的鼓舞！

不，你不是“老人”；你至少是我们后生中间的一个。在你的精神里，我们看不见苍苍的鬓发，看不见五十年光阴的痕迹；你的依旧是二三十年前“春痕”故事里的“逸”的风情——“万种风情无地着”，是你最得意的名句，谁料这下文竟命定是“辽原白雪葬华颠”！

谁说你不是君房的后身？可惜当时不曾记下你摇曳多姿的吐属，蓓蕾似的满缀着警句与谐趣，在此时回忆，只如天海远处的点点航影，再也认不分明。你常常自称厌世人。果然，这世界，这人情，哪禁得起你锐利的理智的解剖与抉剔？你的锋芒，有人说，是你一生最吃亏的所在。但你厌恶的是虚伪，是矫情，是顽老，是乡愿的面目，那还不是该的？谁有你的豪爽，谁有你的倜傥，谁有你的幽默？你的锋芒，即使露，也决不是完全在他人身上应用，你何尝放过你自己来？对己一如对人，你丝毫不存姑息，不存隐讳。这就够难能，在这无往不是矫揉的日子。再没有第二人，除了你，能给我这样脆爽的清谈的愉快。再没有第二人在我的前辈中，除了你，能使我感受这样的无“执”无“我”精神。

最可怜是远在海外的徽徽，她，你曾经对我说，是你唯一的知己；你，她也曾对我说，是她唯一的知己。你们这父女不是寻常的父女。“做一个有天才的女儿的父亲，”你曾说，“不是容易享的福，你得放低你天伦的辈分先求做到友谊的了解。”徽，不用说，一生崇拜的就只你，她一生理想的计划中，那件事离得了聪明不让她自己的老父？但如今，说也可怜，一切都成了梦幻，隔着这万里途程，她那弱小的心灵如何载得起这奇重的哀惨！这终天的缺陷，叫她问谁补去？佑着她吧，你不昧的阴灵，宗孟先生，给她健康，给她幸福，尤其给她艺术的灵术——同时提携她的弟妹，共同增荣雪池双栝的清名！

一九二六年二月二日新月社作

选自 1928 年 1 月上海新月书店版《自剖》集

一封信

得到你的信，像是掘到了地下的珍藏，一样的希罕一样的宝贵；

看你的信，像是看古代的残碑，表面是模糊的，意致却是深微的；

又像是在尼罗河边幕夜，在月亮正照着金字塔的时候，梦见一个穿黄金袍服的帝王，对着我作谜语，我知道他的意思，他说："我无非是一个体面的木乃伊"；

又像是我在这重山脚下半夜梦醒时，听见松林里夜鹰的soprano[①]，可怜的遭人厌毁的鸟，他虽则没有子规那样天赋的妙舌，但我却懂得他的怨愤，他的理想，他的急调是他的嘲讽与咒诅；我知道他怎样的鄙蔑一切，鄙蔑光明，鄙蔑烦嚣的燕雀，也鄙弃自喜的画眉；

又像是我在普陀山发现的一个奇景；外面看是一大块岩石，但里面却早被海水蚀空，只剩罗汉头似的一个脑壳，每次海涛向这岛身搂抱时，发出极奥妙的音响，像是情话，像是咒诅，像是祈祷，在雕空的石笋，钟乳间呜咽，像大和琴的谐音在皋雪格的古寺的花椽，石楹间回荡——但除非你有耐心与勇气，攀下几重的石岩，俯身下去凝神的察看与倾听，你也许永远不会想象，不必说发现这样的秘密；

又像是……但是我知道，朋友，你已经听够了我的比喻，也许你愿意听我自然的嗓音与不做作的语调，不愿意收受用幻想的亮箔包裹

---

①高音。

着的话，虽则，我不能不补一句，你自己就是最喜欢从一个弯曲的白银喇叭里，吹弄你的古怪的调子。

你说："风大土大生活干燥"；这话仿佛是一阵奇怪的凉风，使我感觉到一个恐惧的战栗；像一团飘零的秋叶，使我的灵魂里掉下一滴悲悯的清泪；

我的记忆里，我似乎自信，并不是没有葡萄酒的颜色与香味，并不是没有妩媚的微笑的痕迹，我想我总可以抵抗你那灰色的语调的影响——

是的，昨天下午我在田里散步的时候，我不是分明看见两块凶恶的黑云消灭在太阳猛烈的光焰里，五只小山羊，兔子一样的白净，听着他们妈的吩咐在路旁寻草吃，三个割草的小孩在一个稻屯前抛掷镰刀；自然的活泼给我不少的鼓舞，我对着白云里矗着的宝塔喊说我知道生命是有意趣的；

今天太阳不曾出来，一捆捆的云在空中紧紧地挨着，你的那句话碰巧又添上了几重云蒙，我又疑惑昨天的宣言了。

我又觉得奇怪，朋友，何以你那句话在我的心里，竟像白垩涂在玻璃上，这半透明的沉闷是一种很巧妙的刑罚，我差不多要喊痛了；

我向我的窗外望，暗沉沉的一片，也没有月亮，也没有星光，日光更不必想，他早已离别了。那边黑蔚蔚的是林子，树上，我知道是夜鹗的寓处，树下累累的在初夜的微茫中排列着，我也知道，是坟墓，僵的白骨埋在硬的泥里，磷火也不见一星，这样的静，这样的惨，黑夜的胜利是完全的了；

我闭着眼向我的灵府里问讯，呀，我竟寻不到一个与干燥脱离的生活的意向；干燥像一个影子，永远跟着生活的脚后，又像是葱头的葱管，永远附着在生活的头顶，这是一件奇事；

朋友，我抱歉，我不能答复你的话，虽然我很想，我不是爽恺的西风，吹不散天上的云罗，我手里只有一把粗拙的泥锹，如其有美丽的理想或是希望要埋葬，我的工作倒是现成的——我也有过我的经验；

朋友，我并且恐怕，说到最后，我只得收受你的影响，因为你那句话已经凶狠地咬入我的心里，像一个有毒的蝎子，已经沉沉地压在我的心上，像一块盘陀石，我只能忍耐，我只能忍耐……

此文作于1924年2月26日，后单篇发表于1924年3月21日《晨报副刊·文学旬刊》。文集没有收集。

谒见哈代的一个下午

一

“如其你早几年，也许就是现在，到道骞斯德的乡下，你或许碰得到‘裘德’的作者，一个和善可亲的老者，穿着短裤便服，精神飒爽的，短短的脸面，短短的下颏，在街道上闲暇地走着，招呼着，答话着，你如其过去问他卫撒克士小说里的名胜，他就欣欣地从详指点讲解；回头他一扬手，已经跳上了他的自行车，按着车铃，向人丛里去了。我们读过他著作的，更可以想象这位貌不惊人的圣人，在卫撒克士广大的，起伏的草原上，在月光下，或在晨曦里，深思地徘徊着。天上的云点，草里的虫吟，远处隐约的人声都在他灵敏的神经里印下不磨的痕迹；或在残败的古堡里拂拭乱石上的苔青与网结；或在古罗马的旧道上，冥想数千年前铜盔铁甲的骑兵曾经在这日光下驻踪；或在黄昏的苍茫里，独倚在枯老的大树下，听前面乡村里的青年男女，在笛声琴韵里，歌舞他们节会的欢欣；或在济茨或雪莱或史文庞的遗迹，悄悄地追怀他们艺术的神奇……在他的眼里，像在高蒂闲（Theophile Gautier）的眼里。这看得见的世界是活着的；在他的‘心眼’（The Inward Eye）里，像在他最服膺的华茨华士的心眼里，人类的情感与自然的景象是相联合的；在他的想象里，像在所有大艺术家的想象里，不仅伟大的史迹，就是眼前最琐小最暂忽的事实与印象，都有深奥的意义，平常人所忽略或竟不能窥测的。从他那六十年不断的心灵生活，——

观察，考量，揣度，印证，——从他那六十年不懈不弛的真纯经验里，哈代，像春蚕吐丝制茧似的，抽绎他最微妙最桀傲的音调，纺织他最缜密最经久的诗歌——这是他献给我们可珍的礼物。”

二

上文是我三年前慕而未见时半自想象半自他人转述写来的哈代。去年七月在英国时，承狄更生先生的介绍，我居然见到了这位老英雄，虽则会面不及一小时，在余小子已算是莫大的荣幸，不能不记下一些踪迹。我不讳我的“英雄崇拜”。山，我们爱踹高的；人，我们为什么不愿意接近大的？但接近大人物正如爬高山，往往是一件费劲的事；你不仅得有热心，你还得有耐心。半道上力乏是意中事，草间的刺也许拉破你的皮肤，但是你想一想登临高峰时的愉快！真怪，山是有高的，人是有不凡的！我见曼殊斐儿，比方说，只不过二十分钟模样的谈话，但我怎么能形容我那时在美的神奇的启示中的全生的震荡？——

我与你虽仅一度相见——
但那二十分不死的时间！

果然，要不是那一次巧合的相见，我这一辈子就永远见不着她——会面后不到六个月她就死了。自此我益发坚持我英雄崇拜的势利，在我有力量能爬的时候，总不教放过一个“登高”的机会。我去年到欧洲完全是一次“感情作用的旅行”；我去是为泰戈尔，顺便我想去多瞻仰几个英雄。我想见法国的罗曼·罗兰，意大利的丹农雪乌，英国的哈代。但我只见着了哈代。

在伦敦时对狄更生先生说起我的愿望，他说那容易，我给你写信介绍，老头精神真好，你小心他带了你到道骞斯德林子里去走路，他仿佛是没有力乏的时候似的！那天我从伦敦下去到道骞斯德，天气好极了，下午三点过到的。下了站我不坐车，问了Max Gate①的方向，我就欣欣地走去。他家的外园门正对一片青碧的平壤，绿到天边，绿到门前；左侧远处有一带绵邈的平林。进园径转过去就是哈代自建的住宅，小方方的壁上满爬着藤萝。有一个工人在园的一边剪草，我问他哈代先生在家不，他点一点头，用手指门。我拉了门铃，屋子里突然发一阵狗叫声，在这宁静中听得怪尖锐的，接着一个白纱抹头的年青下女开门出来。

“哈代先生在家，”她答我的问，“但是你知道哈代先生是‘永远’不见客的。”

我想糟了。“慢着，”我说，“这里有一封信，请你给递了进去。”“那么请候一候”，她拿了信进去，又关上了门。

她再出来的时候脸上堆着最俊俏的笑容。“哈代先生愿意见你，先生，请进来。”多俊俏的口音！“你不怕狗吗，先生？”她又笑了。“我怕，”我说。“不要紧，我们的梅雪就叫，她可不咬，这儿生客来得少。”

我就怕狗的袭来！战兢兢地进了门，进了官厅，下女关门出去。狗还不曾出现，我才放心。壁上挂着沙琴德（John Sargeant）②的哈代画像，一边是一张雪莱的像，书架上记得有雪莱的大本集子，此外陈设是朴素的，屋子也低，暗沉沉的。

我正想着老头怎么会这样喜欢雪莱，两人的脾胃相差够多远，外面楼梯上一阵急促的脚步声和狗铃声下来，哈代推门进来了。我不知他身材实际多高，但我那时站着平望过去，最初几乎没有见他，我的印象是他是一个矮极了的小老头儿。我正要表示我一腔崇拜的热心，他一把拉了我坐下，口里连着说“坐坐”，也不容我说话，仿佛我的“开篇”辞他早就有数，连着问我，他那急促的一顿顿的

①麦克斯门，地名。

②今译萨金特（1856—1925），美国画家，长期旅居英国，以肖像画著称。

语调与干涩的苍老的口音，“你是伦敦来的？”“狄更生是你的朋友？”“他好？”“你译我的诗？”“你怎么翻的？”“你们中国诗用韵不用？”前面那几句问话是用不着答的（狄更生信上说起我翻他的诗），所以他也不等我答话，直到末一句他才收住了。他坐着也是奇矮，也不知怎的，我自己只显得高，私下不由地蹭，似乎在这天神面前我们凡人就在身材上也不应分占先似的！（啊，你没见过萧伯纳——这比下来你是个蚂蚁！）这时候他斜着坐，一只手搁在台上头微微低着，眼往下看，头顶全秃了，两边脑角上还各有一鬃也不全花的头发；他的脸盘粗看像是一个尖角往下的等边形三角，两颧像是特别宽，从宽浓的眉尖直扫下来束住在一个短促的下巴尖；他的眼不大，但是深窈的，往下看的时候多，不易看出颜色与表情。最特别的，最“哈代的”，是他那口连着两旁松松往下堕的夹腮皮。如其他的眉眼只是忧郁的深沉，他的口脑的表情分明是厌倦与消极。不，他的脸是怪，我从不曾见过这样耐人寻味的脸。他那上半部，秃的宽广的前额，着发的头角，你看了觉着好玩，正如一个孩子的头，使你感觉一种天真的趣味，但愈往下愈不好看，愈使你觉着难受，他那皱纹龟驳的脸皮正使你想起一块苍老的岩石，雷电的猛烈，风霜的侵陵，雨雷的剥蚀，苔藓的沾染，虫鸟的斑斓，什么时间与空间的变幻都在这上面遗留着痕迹！你知道他是不抵抗的，忍受的，但看他那下颊，谁说这不泄露他的怨毒，他的厌倦，他的报复性的沉默！他不露一点笑容，你不易相信他与我们一样也有喜笑的本能。正如他的脊背是倾向伛偻，他面上的表情也只是一种不胜压迫的伛偻。喔哈代！

回讲我们的谈话。他问我们中国诗用韵不。我说我们从前只有韵的散文，没有无韵的诗，但最近……但他不要听最近，他赞成用韵，这道理是不错的。你投块石子到湖心里去，一圈圈的水纹漾了开去，韵是波纹。少不得。抒情诗（Lyric）是文学的精华的精华。颠不破的钻石，不论多小。磨不灭的光彩。我不重视我的小说。什么都没有做好的小诗难〔他背了莎“Tell me where is Fancy bred”[①]朋琼生（Ben Jonson）[②]的“Drink to me only with thine eyes”[③]高兴的样子。〕我说我爱他的诗因为它们不仅结构严密像建筑，同时有思想的血脉在流走，像有机的整体。我说了Organic[④]这个字：他重复说了两遍：“Yes，organic，yes，organic：A poem ought to be a living thing”[⑤]练习文字顶好学写诗；很多人从学诗写好散文，诗是文字的秘密。

他沉思了一晌。“三十年前有朋友约我到中国去。他是一个教士，我的朋友，叫莫尔德，他在中国住了五十年，他回英国来时每回说话先想起中文再翻英文的！他中国什么都知道，他请我去，太不便了，我没有去。但是你们的文字是怎么一回事？难极了不是？为什么你们不丢了它，改用英文或法文，不方便吗？”哈代这话骇住了我。一个最认识各种语言的天才的诗人要我们丢掉几千年的文字！我与他辩难了一晌，幸亏他也没有坚持。

说起我们共同的朋友。他又问起狄更生的近况，说他真是中国的朋友。我说我明天到康华尔去看罗素。谁？罗素？他没有加案语。我问起勃伦腾（Edmund Blunden）[⑥]，他说他从日本有信来，他是一个诗人。讲起麦雷（John M.Murry）他起劲了。“你认识麦雷？”他问。“他就住在这儿道骞斯德海边，他买了一所古怪的小屋子，正靠着海，怪极了的小屋子，什么时候那可以叫海给吞了去似的。他自己每

---

①告诉我爱恋从何处产生。

②今译本·琼森（1572—1637），英国剧作家、诗人、学者。

③只用你的眼睛向我祝酒。

④有机的。

⑤说得对，有机的，说得对，一首诗应当是活的。

⑥勃伦腾（1896—1974），英国诗人，传记作家，曾参加过第一次世界大战，著有诗集《战争的低音》等。

天坐一部破车到镇上来买菜。他是能干的。他会写。你也见过他从前的太太曼殊斐儿，他又娶了，你知道不？我说给你听麦雷的故事。曼殊斐儿死了，他悲伤得很，无聊极了，他办了他的报（我怕他的报维持不了），还是悲伤。好了，有一天有一个女的投稿几首诗，麦雷觉得有意思，写信叫她去看他，她去看他，一个年轻的女子，两人说投机了，就结了婚，现在大概他不悲伤了。”

他问我那晚到哪里去。我说到Exeter①看教堂去，他说好的，他就讲建筑，他的本行。我问你小说里常有建筑师，有没有你自己的影子？他说没有。这时候梅雪出去了又回来，咻咻地爬在我的身上乱抓。哈代见我有些窘，就站起来呼开梅雪，同时说我们到园里去走走吧，我知道这是送客的意思。我们一起走出门绕到屋子的左侧去看花，梅雪摇着尾巴咻咻地跟着。我说哈代先生，我远道来你可否给我一点小纪念品。他回头见我手里有照相机，他赶紧他的步子急急地说，我不爱照相，有一次美国人来给了我很多的麻烦，我从此不叫来客照相——我也不给我的笔迹（Autograph），你知道？他脚步更快了，微偻着背，腿微向外弯一摆一摆地走着，仿佛怕来客要强抢他什么东西似的！“到这儿来，这儿有花，我来采两朵花给你做纪念，好不好？”他俯身下去到花坛里去采了一朵红的一朵白的递给我：“你暂时插在衣襟上吧，你现在赶六点钟车刚好，恕我不陪你了，再会，再会——来，来，梅雪，梅雪……”老头扬了扬手，径自进门去了。

啬刻的老头，茶也不请客人喝一杯！但谁还不满足，得着了这样难得的机会？往古的达文謇，莎士比亚，歌德，拜伦，是不回来了的！——哈代！多远多高的一个名字！方才那头秃秃的背弯弯的腿屈屈的，是哈代吗？太奇怪了！那晚有月亮，离开哈代家五个钟头以后，我站在哀克刹脱教堂的门前玩弄自身的影子，心里充满着神奇。

选自《新月》创刊号

①今译埃克赛特，位于英格兰南部，是英国的历史名城之一。

关于女子（苏州女中讲稿）

苏州！谁能想象第二个地名有同样清脆的声音，能唤起同样美丽的联想，除是南欧的威尼市或翡冷翠，那是远在异邦，要不然我们就得追想到六朝时代的金陵广陵或许可以仿佛？当然不是杭州，虽则苏杭是常常联着说到的；杭州即使有几分美秀，不幸都教山水给占了去，更不幸就那一点儿也成了问题：你们不听说雷峰塔已经教什么国术大力士给打个粉碎，西湖的一汪水也教大什么会的电灯给照干了吗？不，不是杭州，说到杭州我们不由地觉得舌尖上有些儿发锈。所以只剩了一个苏州准许我们放胆地说出口，放心地拿上手。比是乐器中的笙箫，有的是袅袅的余韵。比是青青的柏子，有的是沁人心脾的留香。在这里，不比别的地处，人与地是相对无愧的；是交相辉映的；寒山寺的钟声与吴侬的软语一般的令人神往；虎丘的衰草与玄妙观的香烟同样的勾人留恋。

但是苏州——说也惭愧，我这还是第二次到，初次来时只匆匆地过了一宵，带走的只有采芝斋的几罐糖果和一些模糊的影像。就这次来也不得容易。要不是陈淑先生相请的殷勤。——聪明的陈淑先生，她知道一个诗人的软弱，她来信只淡淡地说你再不来时天平山经霜的枫叶都要凋谢了——要不是她的相请的殷勤，我说，我真不知道几时才得偷闲到此地来，虽则我这半年来因为往返沪宁间每星期得经过两次，每星期都得感到可望而不可即的惆怅。为再到苏州来我得感谢她。但陈先生的来信却不单单提到天平山的霜枫，她的下文是我这半月来的忧愁；她要我来说话——到苏州来向女同学们说话！我如何能不忧愁？当然不是愁见诸位同学，我愁的是我现在这相儿，一个人孤伶伶地站在台上说话！我们这坐惯冷板凳日常说废话的所谓教授们最厌烦的，不瞒诸位说，就是我们自己这无可奈何的职务——说话（我再不敢说讲演，那样粗蠢的字样在苏州地方是说不出口的）。

就说谈话吧，再让一步，说随便谈话吧，我不能想象更使人窘的事情！要你说话，可不指定要你说什么，“随便说些什么都行”，那天陈先生在电话里说。你拿艳丽的朝阳给一只芙蓉或是一只百灵，它就对你说一番极美丽动听的话；即使它说过了你冒失地恭维它说你这“讲演”真不错，它也不会生气，也不会惭愧，但不幸我不是芙蓉更不是百灵。我们乡里有一句俗话说宁愿听苏州人吵架，不愿听杭州人谈话。我的家乡又不幸是在浙江，距着杭州近，离着苏州远的地处。随便说话，随你说什么，果然我依了陈先生扯上我的乡谈，恐怕要不到三分钟你们都得想念你们房间里备着的八卦丹或是别的止头痛的药片了！

但陈先生非得逼我到，逼我献丑，写了信不够，还亲自到上海来邀。我不能不答应来。“但是我去说些什么呢，苏州，又是女同学们”？那天我放下陈先生的电话心头就开始踌躇。不要忙，我自己安慰自己说，在上海不得空闲，到南京去有一个下午可以想一想。那天在车上倒是有福气看到镇江以西，尤其是栖霞山一带的雪叶。虽则那早上是雾茫茫的，但雪总是好东西，它盖住地面的不平和丑陋，它也拓开你心头更清凉的境界。山变了银山，树成了玉树，窗以外是彻骨的凉，彻骨的静，不见一个生物，鸟雀们不知藏躲在哪里，雪花密团团地在半空里转。栖霞那一带的大石狮子，雄踞在草田里张着大口向着天的怪东西，在雪地里更显得白，更显得壮，更见得精神。在那边相近还有一座塔，建筑雕刻，都是第一流的美术，最使人想见六朝的风流，六朝的闲暇。在那时政治上没有统一的野心家，江以南，江以北，各自成家，汉也有，胡也有，各造各的文化。且不说龙门，且不说云冈，就这栖霞的一些遗迹，就这雄踞在草田里的大石狮，已够使我们想见当时生活的从容，气魄的伟大，情绪的俊秀。

我们在现代感到的只是局促与匆忙。我们真是忙，谁都是忙。忙到倦，忙到厌。但忙的是什么？为什么忙？我们的子孙在一千年后，如其我们的民族再活得到一千年，回看我们的时代，他们能不能了解我们的匆忙？我们有什么东西遗留给他们可以使他们骄傲，宝贵，值得他们保存，证见我们的存在，认识我们的价值，可以使他们永久停留他们爱慕的纪念——如同那一只雄踞在草田里的大石狮？我们的诗人文人贡献了些什么伟大的诗篇与文章？我们的建筑与雕刻，且不说别的，有哪样可以留存到一百年乃至十年五年而还值得一看的？我们的画家怎样描写宇宙的神奇？我们哪一个音乐家是在解释我们民族的性灵的奥妙？但这时候我眼望着的江边的雪地已经戏幕似的变形成为北方赤地几千里的灾区，黄沙天与黄土地的中间只有惨淡的风云，不见人烟的村庄以及这里那里枝条上不留一张枯叶的林木。我也望得见几千万已死的将死的未死的人民在不可名状的苦难中为造物主的地面上留下永久的羞耻。在他们迟钝的眼光中，他们分明说他们的心脏即使还在跳动他们已经失去感觉乃至知觉的能力，求生或将死的呼号早已逼死在他们枯竭的咽喉里；他们分明说生活，生命，乃至单纯的生存已经到了绝对的绝境，前途只是沙漠似的浩瀚的虚无与寂灭，期待着他们，引诱着他们，如同春光，如同微笑，如同美。我也望见钩结在连环战祸中的区域与民生；为了谁都不明白的高深的主义或什么的相互的屠杀，我也望见那少数的妖魔，踞坐在跸卫森严的魔窟中计较下一幕的布景与情节，为表现他们的贪，他们的毒，他们的野心，他们的威灵，他们手擎着全体民族的命运当作一掷的孤注。我也望见这时代的烦闷毒气似的在半空里没遮拦地往下盖，被牺牲的是无量数春花似的青年。这憧憬中的种种都指点着一个归宿，一个结局——沙漠似的浩瀚的虚无与寂灭，不分疆界永不见光明的死。

我方才不还在眷恋着文化的消沉吗？文化，文化，这呼声在这可怖的憧憬前，正如灾民苦痛的呼声，早已逼死在枯竭的咽喉里，再也透不出声响。但就这无声的叫喊已经在我的周围引起怪异的回响，像是哭，像是笑，像是鸱枭，像是鬼……

但这声响来源是我座位邻近一位肥胖的旅伴的雄伟的哈欠。在这哈欠声中消失了我重叠的幻梦似的憧憬，我又见到了窗外的雪，听到车轮的响动。下关的车站已经到了。

我能把我这一路的感想拉杂来充当我去苏州的谈话资料吗？我在从下关进城时心里计较。秀丽的苏州，天真的女同学们，能容受这类荒伧，即使不至怪诞的思想吗？她们许因为我是教文学的想从我听一些文学掌故或文学常识。但教书是无可奈何，我最厌烦的是说本行话。他们又许因为我曾经写过一些诗是在期望一个诗人的谈话，那就得满缀着明月和明星的光彩，透着鲜花与鲜草的馨香。要不然她们竟许期待着雪莱的玄雀或是济慈的夜莺。我的倒像是鸱枭的夜啼，不是太煞尽了风景？这，我又转念，或许是我的过虑，他们等着我去谈话正如他们每月或每星期等着别人去谈话一样，无非想听几句可乐的插科与诙谐（如其有的话，那算是好的），一篇，长或是短，勉励或训诲的陈腐（那是你们打哈欠乃至瞌睡的机会），或是关于某项专门知识的讲解（那你们先生们示意你们应得掏出铅笔在小本子上记下的），写了几句自己谦让道歉不曾预备得好的话，在这末尾与他鞠躬下台时你们多少间酬报他一些鼓掌，就算完事一宗。但事实上他讲的话，正如讲的人，不能希望（他自己也不希望）在你们的脑筋里留有仅仅隔夜的印象，某人不是到你们这里来讲过的吗，隔几天许有人问。嗄，不错是有的，他讲些什么了？谁知道他讲什么来了，我一句也没有听进去，不是你提起，我忘都忘了我听过他讲哪！

这是一班到处应酬讲演人的下场头。他们事实上也只配得这样的下场头。穷，窘，枯，干，同学们，是现代人们的生活。干，枯，窘，穷，同学们，是现代人们的思想。不要把上年纪的人们，占有名气或地位的人们看太高了，他们的苦衷只有他们自家得知，这年头的荒歉是一般的。

也不知怎的我想起来说些关于女子的杂话。不是女子问题。我不懂得科学，没有方法来解剖“女子”这个不可思议的现象。我也不是一个社会学家，搬弄着一套现成的名词来清理恋爱，改良婚姻或家庭。我也没有一个道学家的权威，来督责女子们去做良妻贤母，或奖励她们去做不良的妻不贤的母。我没有任何解决或解答的能力。我自己所知道的只是我的意识的流动，就那个我也没有支配的力量。就比是隔着雨雾望远山的景物，你只能辨认一个大概。也不知是哪里来的光照亮了我意识的一角，给我一个辨认的机会，我的困难是在想用粗笨的语言来传达原来极微纤的印象，像是想用粗笨的铁针来绣描细致的图案。我今天所要查考的，所以，不是女子，更不是什么女子问题，而是我自己的意识的一个片段。

我说也不知怎的我的思想转上了关于女子的一路。最显浅的原由，我想，当然是为我到一个女子学校里来说话。但此外也还有别的给我暗示的机会。有一天我在一家书店门首见着某某女士的一本新书的广告，书名是《蠹鱼生活》。这倒是新鲜，我想，这年头有甘心做书虫的女子。三百年来女子中多的是良妻贤母，多的是诗人词人，但出名的书虫不就是一位郝夫人王照圆女士吗？这是一件事，再有是我看到一篇文章，英国一位名小说家做的，她说妇女们想从事著述至少得有两个条件，一是她得有她自己的一间屋子，这她随时有关上或锁上的自由。二是她得有五百一年（那合华银有六千元）的进益。她说的是外国情形，当然和我们的相差得远，但原则还不一样是相通的？

你们或许要说外国女人当然比我们强，我们怎好跟她们比；她们的环境要比我们的好多少，她们的自由要比我们的大多少；好，外国女人，先让我们的男人比上了外国的男人再说女人吧！

可是你们先别气馁，你们来听听外国女人的苦处。在Queen Anne[①]的时候，不说更早，那就是我们清朝乾隆的时候，有天才的贵族女子们（平民更不必说了）实在忍不住写下了些诗文就许往抽屉里堆着给蛀虫们享受，哪敢拿著作公开给庄严伟大的男子们看，那不让他们笑掉了牙。男人是女人的“反对党”“The Oppose Facfion”，Lady Winchilsea[②]说。趁早，女人，谁敢卖弄谁活该遭殃，才学哪是你们的分！一个女人拿起笔就像是在做贼，谁受得了男人们的讥笑。别看英国人开通，他们中间多的是写“妇学篇”的章实斋。倒是章先生那板起道学面孔公然反对女人弄笔墨还好受些。他们的蒲伯，他们的John Gray[③]，他们管爱文学有才情的女人叫做蓝袜子，说她们放着家务不管，“痒痒的就爱乱涂”（Margaret of Newcastle）[④]。另一位才学的女子，也愤愤地说“女人像蝙蝠或猫头鹰似的活着，牲口似的工作，虫子似的死……”且不说男人的态度，女性自己的谦卑也是可以的。Dorothy Osburne[⑤]那位清丽的书翰家一写到那位有文才的爵夫人就生气，她说，“那可怜的女人准是有点儿偏心的，她什么傻事不做，到来写什么书，又况是诗，那不太可笑了，要是我就算我半个月不睡觉我也到不了那个。”奥斯朋自己可没有想到自己的书翰在千百

①安妮女王（1665—1717），英国女王。

②温切尔西娅夫人，生平不详。

③格雷（1866—1934），英国诗人，作品有长诗《飞鱼》等。

④纽卡斯尔的玛格丽特，生平不详。

⑤今译奥丝本（1627—1695），徐译奥斯朋，英国政治家和外交家坦普尔爵士的妻子。她在1652—1654年间写给坦普尔的书信在19世纪发表后，得到文学界的好评。

年后还有人当作宝贵的文学作品念着，反比那“有点儿偏心胆敢写书的女人”风头出得更大，更久！

再说近一点，一百年前英国出一位女小说家，她的地位，有一个批评家说，是离着莎士比亚不远的 Jane Austen ——她的环境也不见得比你们的强。实际上她更不如我们现代的女子。再说她也没有一间她自己可以开关的屋子，也没有每年多少固定的收入。她从不出门，也见不到什么有学问的人；她是一位在家里养老的姑娘，看到有限几本书，每天就在一间永远不得清静的公共起坐间里装作写信似的起草她的不朽的作品。“女人从没有半个钟头，”Florence Nightingale[①]说，“女人从没有半个钟头可以说是她们自己的。”再说近一点，白龙德姊妹们，也何尝有什么安逸的生活。在乡间，在一个牧师家里，她们生，她们长，她们死。她们至多站在露台上望望野景，在雾茫茫的天边幻想大千世界的形形色色，幻想她们无颜色无波浪的生活中所不能的经验。要不是她们卓绝的天才，蓬勃的热情与超趣的想象，逼着她们不得不写，她们也无非是三个平常的乡间女子，郁死在无欢的家里，有谁想得到她们——光明的十九世纪于她们有什么相干，她们得到了些什么好处？

说起来还是我们的情形比他们的见强哪。清朝的大文人王渔洋，袁子才，毕秋航，陈碧城都是提倡妇女文学最大的功臣。要不是他们几位间接与直接的女弟子的贡献，清朝一代的妇女文学还有什么可述的？要不是他们那时对于女子做诗文做学问的铺张扬厉，我们那位文史通义先生也不至于破口大骂自失身份到这样可笑的地步。他在妇学里面说——

近有无耻文人以风流自命，蛊惑士女，大率以优伶杂剧所

①南丁格尔（1820—1910），英国女护士，近代护理学和护士教育的创始人。

演才子佳人惑人，大江以南名门大家闺阁多为所诱，征诗刻稿标榜声名，无复男女之嫌，殆忘其身之雌矣。此等闺娃，妇学不修，岂有真才可取，而为邪人播弄，浸成风俗，人心世道大可忧也。

章先生要是活到今天看见女子上学堂，甚至和男子同学，上衙门公司店铺工作和男子同事，讲这个那个的党和男子同志，还不把他老人家活活地给气瘪了！

所以你们得记得就在英国，女权最发达的一个民族，女子的解放，不论哪一方面，都还是近时的事情。女子教育算不上一百年的历史。女子的财产权是五十年来才有法律保障的。女子的政治权还不到十年。但这百年来女性方面的努力与成绩不能不说是惊人的。在百年以前的人类的文化可说完全是男性的成绩，女性即使有贡献是极有限的或至多是间接的，女子中当然也不少奇才异能，历史上不少出名的女子，尤其是文艺方面。希腊的沙浮至今还是个奇迹。中世纪的Hypatia①，Heloise②是无可比的。英国的衣里沙白，唐朝的武则天，她们的雄才大略，哪一个男子敢不低头？十八世纪法国的沙龙夫人们是多少天才和名著的保姆。在中国，我们只要记起曹大家的汉书，苏若兰的回文，徐淑蔡文姬左九嫔的词藻，武曌的升仙太子碑，李若兰鱼玄机的诗，李清照朱淑真的词，明文氏的九骚——哪一个不是照耀百世的奇才异禀。

这固然是，但就人类更宽更大的活动方面看，女性有什么可以自

①希帕蒂亚（370—415），亚力山城新柏拉图主义哲学学派领袖和历史上第一位著名的数学家，并以口才、美丽著称于世。

②埃洛伊兹（1098—1164），法兰克福女隐修院院长、神学家和哲学家阿伯拉尔之妻。

傲的？有女沙士比亚女司马迁吗？有女牛顿女倍根吗？有女柏拉图女但丁吗？就说到狭义的文艺，女性的成绩比到男性的还不是培塿比到泰山吗？你怪得男性傲慢，女性气馁吗？

在英国乃至在全欧洲，奥斯丁以前可以说女性没有一个成家的作者。从衣里沙白到法国革命查考得到的女子作品只是小诗与故事。就中国论，清朝一代相近三百年间的女作家，按新近钱单夫人的清闺秀艺文略看，可查考的有二千三百十二人之多，但这数目，按胡适之先生的统计，只有百分之一的作品是关于学问，例如考据历史算学医术，就那也说不上有什么重要的贡献，此外百分之九十九都是诗词一类的文学，而且妙的地方是这些诗集诗卷的题名，除了风花雪月一类的风雅，都是带着虚心道歉的意味，仿佛她们都不敢自信女子有公然著作成书的特权似的，都得声明这是她们正业以外的闲情本算不上什么似的，因之不是绣余，就是爨余，不是红余，就是针余，不是脂余梭余，就是织余绮余（陈圆圆的职业特别些，她的词集叫《舞余词》），要不然就是焚余烬余未焚未烧未定一类的通套，再不然就是断肠泪稿一流的悲苦字样（除了秋瑾的口气那是不同些）。情形是如此，你怪得男性的自美，女性的气短吗？

但这文化史上女性远不如男性的情形自有种种的解释。自然的趋势，男性当然不能借此来证明女子的能力根本不如男子，女性也不难完全推托到男性有意的压迫。谁要奇怪女性的迟缓，要问何以女权论要等到玛丽乌尔夫顿克辣夫德方有具体的陈词，只须记得人权论本身也要到相差不远的日子才出世。人的思想的能力是奇怪的，有时他连窜带跳的在短时期内发见了很多，例如希腊黄金时代与近一百五十年来的欧洲，有时睡梦迷糊的在长时期一无新鲜，例如欧洲的中世纪或中国的明代。它不动的时候就像是冬天，一切都是静定的无生气的，就像是生命再不会回来，但它一动的时候那就比是春雷的一震，转眼间就是蓬勃绚烂的春时。在欧洲从亚里士多德直到卢梭乃至叔本华，没有一个思想家不承认男女的不平等是当然的，绝对不值得并且也无从研究的；即使偶有几个天才不容自掩的女子，在中国我们叫作才女，那还是客气的，如同叫长花毛的鸭作锦鸡，在欧洲百年前叫做蓝袜子，那就不免有嘲笑的意思。但自从约翰弥勒纯正通达论妇女论的大文出世以来，在理论上所有女性不如男性或是女性不能和男性享受平等机会以及共同负责文化社会的生存与进步的种种谬见偏见与迷信都一齐从此失去了根据，在事实上在这百年来女性自强的努力也已经显明的证明女性只要有同等的机会不论在哪样事情上都不能比男性不如；人类的前途展开了一个伟大的新的希望，就是此后文化的发展是两性共同的企业，不再是以前似的单性的活动。在这百年来虽则在别的方面人类依然不免继续他们的谬误，愚蠢，固执，迷信，但这百余年是可纪念的，因为这至少是一个女性开始光荣的世纪。在政治上，在社会上，在法律与道德上，在理论方面至少，女性已经争得与男性完全平等的地位。在事实上，女子的职业一天增多一天，我们现在不易想象一种职业男性可以胜任而女性不能的——也许除了实际的上战场去打仗，但这项职业我们都希望将来有完全淘汰的一天，我们决不希望温柔的女性在任何情形下转变成善斗杀的凶恶。文学与艺术不用说，女子是早就占有地位的，但近百年来的扩大也是够惊人的。诗人就说白朗宁夫人罗刹蒂小姐梅耐儿夫人三个名字已经是够辉煌的。小说更不用说，英美的出版界已有女作家超过男作家的趋势，在品质方面一如数量。George Eliot①，George Sand②，Bronte Sisters，近时如曼

①乔治·艾略特（1819—1880），英国女作家，作品有《亚当·比德》《织工马南》等。

②乔治·桑（1804—1876），法国女小说家，作品有《康索埃洛》《魔沼》等。

殊斐儿，薇金娜吴尔夫等等都是卓然成家为文学史上增加光彩的作者。演剧方面如沙拉贝娜Duse[①]，Eilen Terry[②]都是人类永久不可磨灭的记忆。论跳舞，女子的贡献更分明的超过男子，我们不能想象一个男性的Isadora Duncan[③]。音乐，画，雕刻，女子的出人头地的也在天天地加多。科学与哲学，向来是男性的专业，但跟着教育的发展，女子的贡献也在日渐地继长增高。你们只须记起Madame Curie[④]就可以无愧。讲到学问，现在有哪一门女子提不起来的。

但这情形，就按最先进几国说，至多也不过一百年来的事，然而成绩已有如此的可观。再过了两千年，我想，男子多半再不敢对女子表示性的傲慢。将来的女子自会有她们的莎士比亚，倍根，亚里士多德，罗素，正如她们在帝王中有过衣里沙白，武则天，在诗人中有过白朗宁，罗刹蒂，在小说家中有过奥斯丁与白龙德姊妹。我们虽则不敢预言女性竟可以有完全超越男性的一天。但我们很可以放心地相信此后女性对文化的贡献比现在总可以超过无量倍数，到男子要担心到他的权威有摇动的危险的一天。

但这当然是说得很远的话。按目前情形，尤其是中国的，我们一方面固然感到女子在学问事业日渐进步的兴奋与快慰，但同时我们也深刻地感觉到种种阻碍的势力还是很活动地在着。我们在东方几乎事事是落后的，尤其是女子，因为历史长所以习惯深，习惯深所以解放更觉费力。不说别的，中国女子先就忍就了几千年身体方面绝无理性可说的束缚，所以人家的解放是从思想作起点，我们先得从身体解放起。我们的脚还是昨天放开的，我们的胸还是正在开放中。事实上

---

①杜丝（1858—1924），意大利杰出的女戏剧演员。

②特丽（1847—1928），英国著名女演员。

③邓肯（1877—1927），美国女舞蹈家。

④居里夫人（1867—1934），生于波兰，是著名的法国物理学家、化学家。

固然这一代的青年已经不至感受身体方面的束缚，但不幸长时期的压迫或束缚是要影响到血液与神经的组织的本体的。即如说脚，你们现有的固然是极秀美的天足，但你们的血液与纤微中难免还留有几十代缠足的鬼影。又如你们的胸部虽已在解放中，但我知道有的年轻姑娘们还不免感到这解放是一种可羞的不便。所以单说身体，恐怕也得至少到你们的再下去三四代才能完全实现解放，恢复自然生长的愉快与美。身体方面已然如此，别的更不用说了。再说一个女子当然还不免做妻做母，单就生产一件事说，男性就可以无忌惮地对女性说："这你总逃不了，总不能叫我来替代你吧"！事实上的确有无数本来在学问或事业上已经走上路的女子为了做妻做母的不可避免临了只能自愿或不自愿地牺牲光荣的成就的希望。这层的阻碍说要能完全去除当然是不可能，但按现今种种的发明与社会组织与制度逐渐趋向合理的情形看，我们很可以设想这天然阻碍的不方便性消解到最低限度的一天。有了节育的方法，比如说，你就不必有生育，除了你自愿，如此一个女子很容易在她几十年的生活中匀出几个短期间来尽她对人类的责任。还有将来家庭的组织也一定与现在的不同，趋势是在去除种种不必要精力的消耗（如同美国就有新法的合作家庭，女子管家的担负不定比男子的重，彼此一样可以进行各人的事业）。所以问题倒不在这方面。成问题的是女子心理上母性的牢不可破，那与男子的父性是相差得太远了。我来举一个例。近代最有名的跳舞家Isadora Duncan在她的自传里说她初次生产时的心理，我觉得她说得非常的真。在初怀孕时她觉得处处的不方便，她本是把她的艺术——舞——看得比她的生命都更重要的，她觉得这生产的牺牲是太无谓了。尤其是在生产时感到极度的痛苦时（她的是难产）她是恨极了上帝叫女人担负这惨毒的义务；她差一点死了。但等到她的孩子一下地，等到看护把一个稀小的喷香的小东西偎到她身旁去吃奶时，她的快乐，她的感激，她的兴奋，她的母爱的激发，她说，简直是不可名状。在那时间她觉得生命的神奇与意义——这无上的创造——是绝对盖倒一切的，这一相比她原来看作比生命更重要的艺术顿时显得又小又浅，几乎是无所谓的了。在那时间把性的意识完全盖没了后天的艺术家的意识。上帝得了胜了！这，我说，才真是成问题，倒不在事实上三两个月的身体的不便。这根蒂深而力道强的母性当然是人生的神秘与美的一个重要成分，但它多少总不免阻碍女子个人事业的进展。

所以按理论说男女的机会是实在不易说成完全平等的，天生不是一个样子，你有什么办法？但我们也只能说到此，因为在一个女子，母性的人格，母性的实现，按理是不应得与她个人的人格，个性的实现相冲突的。除了在不合理的或迷信打底的社会组织里，一个女子做了妻母再不能兼顾别的，她尽可以同时兼顾两种以上的资格，正如一个男子的父性并不妨害他的个性。就说D，她不能不说是一个母性特强（因为情感富强）的一个女子，但她事实上并不曾为恋爱与生育而至放弃她的艺术的追求。她一样完成了她的艺术。此外做女子的不方便当然比男子的多，但那些都是比较不重要的。

我们国内的新女子是在一天天可辨认地长成，从数千年来有形与无形的束缚与压迫中渐次透出性灵与身体的美与力，像一支在箨裹中透露着的新笋。有形的阻碍，虽则多，虽则强有力，还是比较容易克除的，无形的阻碍，心理上，意识与潜意识的阻碍，倒反须要更长时间与努力方有解脱的可能。分析地说，现社会的种种都还是不适宜于我们新女子的长成的。我再说一个例。比如演戏。你认识戏的重要，知道它的力量。你也知道你有舞台表演的天赋。那为你自己，为社会，你就得上舞台演戏去不是？这时候你就逢到了阻力。积极的或许你家庭的守旧与固执。消极的或许你觅不到相当的同志与机会。这些就算都让你过去，你现在到了另一个难关。有一个戏非你充不可，比如说，那碰巧是个坏人，那是说按人事上习惯的评判，在表现艺术上是没有这种区分的，艺术须要你做，但你开始踌躇了。说一个实例，新近南国社演的沙乐美，那不是一个贞女，也不是一个节妇。有一位俞女士，她是名门世家的一位小姐，去担任主角。她只知道她当前表现的责任。事实上她居然排除了不少的阻难而登台演那戏了。有一晚她正演到要热慕地叫着“约翰我要亲你的嘴”，她瞥见她的母亲坐在池子里前排瞪着怒眼望着她，她顿时萎了，原来有热有力的声音与诗句几于嗫嚅地勉强说过了算完事。她觉得她再也鼓不住她为艺术的一往的勇气，在她母亲怒目的一视中，艺术家的她又萎成了名门世家事事依傍着爱母的小姐——艺术失败了！习惯胜利了！

所以我说这类无形的阻碍力量有时更比有形的大。方才说的无非是现成的一个例。在今日一个女子向前走一个步都得有极大的决心和用力，要不然你非但不上前，你难说还向后退——根性，习惯，环境的热力，种种都牵掣着你，阻搁着你。但你们各个人的成或败于未来完全性的新女子的实现都有关连。你多用一分力，多打破一个阻碍，你就多帮助一分，多便利一分新女子的产生。简单说，新女子与旧女子的不同是一个程度，不定是种类的不同。要做一个新女子，做一个艺术家或事业家，要充分发展你的天赋，实现你的个性，你并没有必要不做你父母的好女儿，你丈夫的好妻子，或是你儿女的好母亲——这并不一定相冲突的（我说不一定因为在这发轫时期难免有各种牺牲的必要，那全在你自己判清了利弊来下决断）。分别是在旧观念是要求你做一个扁人，纸剪似的没有厚度没有血脉流通的活性；新观念是要你做一个真的活人，有血有气有肌肉有生命有完全性的！这有完全性要紧——的一个个人。这分别是够大的，虽则话听来不出奇。旧观念叫你准备做妻做母，新观念并不是不叫你准备做妻做母，但在此外先要你准备做人，做你自己。从这个观点出发，别的事情当然都换了透视。我看古代留传下来的女作家有一个有趣味的现象。她们多半会写诗，这是说拿她们的心思写成可诵的文句。按传说至少，一个女子的文才多半是有一种防身作用，比如现在上海有钱人穿的铁马甲，从《周南》的蔡人妻作的“芣苢三章”，《召南》申人女“行露三章”，《卫》共姜“柏舟诗”，《陈风》“墓门”，陶婴“黄鹄歌”，宋韩凭妻“南山有乌”句，乃至罗敷女“陌上桑”都是全凭编了几句诗歌而得幸免男性的侵凌的。还有卓文君写了白头吟司马相如即不娶姨太太，苏若兰制了回文诗扶风窦滔也就送掉他的宠妾。唐朝有几个宫妃在红叶上题了诗从御沟里放流出外因而得到夫婿的。（“一入深宫里，无由得见春。题诗花叶上，寄与接流人。”）此外更有多少女子作品不是慕就是怨。如是看来文学之于古代妇女多少都是于她们婚姻问题发生密切关系的。这本来是，有人或许说，就现在女子念书的还不是都为写情书的准备，许多人家把女孩送进学校的意思还不无非是为了抬高她在婚姻市场上的卖价？这类情形当然应得书篇似的翻阅过去，如其我们盼望新女子及早可以出世。

这态度与目标的转变是重要的。旧女子的弄文墨多少是一种不必要的装饰；新女子的求学问应分是一种发见个性必要的过程。旧女子的写诗词多少是抒写她们私人遭际与偶尔的情感；新女子的志向应分是与男子共同继承并且继续生产人类全部的文化产业。旧女子的字业是承认女子无才便是德的大条件而后红着脸做的事情，因而绣余炊余一流的道歉；新女子的志愿是要为报复那一句促狭的造孽格言而努力给男性一个不容否认的反证。旧女子有才学的，理想是李易安的早年的生涯——当然不一定指她的“被翻红浪起来，慵自梳头”一类的艳思——嫁一个风流跌宕一如赵明诚公子的夫婿（赖有闺房如学舍，一编横放两人看），过一些风流而兼风雅的日子；新女子——我们当然不能不许她私下期望一个风流的有情郎（易求无价宝，难得有情郎），但我们却同时期望她虽则身体与心肠的温柔都给了她的郎，她的天才她的能力却得贡献给社会与人类。

十二月十五日

选自《新月》第二卷第八号

诗刊弁言

我们几个朋友总想借副刊的地位，每星期发行一次诗刊，专载创作的新诗与关于诗或诗学的批评及研究文章。

本来这一句话就够说明我们出诗刊的意思；但本期有的是篇幅，当编辑的得想法补它；容我先说这诗刊的起因，再说我个人对于新诗的意见。

我在早三两天前才知道闻一多的家是一群新诗人的乐窝，他们常常会面，彼此互相批评作品，讨论学理。上星期六我也去了。一多那三间画室，布置的意味先就怪。他把墙壁涂成一体墨黑，狭狭地给镶上金边，像一个裸体的非洲女子手臂上脚踝上套着细金圈似的情调。有一间屋子朝外壁上挖出一个方形的神龛，供着的，不消说，当然是米鲁薇纳丝一类的雕像。他的那个也够尺外高，石色黄澄澄的像蒸熟的糯米，衬着一体黑的背景，别饶一种淡远的梦趣，看了叫人想起一片倦阳中的荒芜的草原，有几条牛尾几个羊头在草丛中掉动。这是他的客室。那边一间是他做工的屋子，基角上支着画架，壁上挂着几幅油色不曾干的画。屋子极小，但你在屋里觉不出你的身子大；戴金圈的黑公主有些杀伐气，但她不至于吓瘪你的灵性；裸体的女神（她屈着一支腿挽着往下沈的亵衣），免不了几分引诱性，但她决不容许你逾分的妄想。白天有太阳进来，黑壁上也沾着光；晚快黑影进来，屋子里仿佛有梅斐士滔佛利士的踪迹；夜间黑影与灯光交斗，幻出种种不成形的怪象。

这是一多手造的“阿房”，确是一个别有气象的所在，不比我们单知道买花洋纸糊墙，买花席子铺地，买洋式木器填屋子的乡蠢。有意识的安排，不论是一间屋，一身衣服，一瓶花，就有一种激发想象的暗示，就有一种特具的引力。难怪一多家里见天有那些诗人去团聚——我羡慕他！

我写那几间屋子因为它们不仅是一多自己习艺的背景，它们也就是我们这诗刊的背景，这搭题居然被我做上了：我期望我们将来不至辜负这制背景人的匠心，不辜负那发糯米光的爱神，不辜负那戴金圈的黑姑娘，不辜负那梅斐士滔佛利士出没的空气！

我们的大话是：要把创格的新诗当一件认真事情做。这话转到了我个人对于新诗的浅见。我第一得声明我决没有厚颜，自诩有什么诗才。新近我见一则短文上写“没有人会以为徐志摩是个诗人……”对极，至少我自己决不敢这样想，因为诗人总得有天才，天才的担负是一种压得死人的担负，我想着就害怕，我哪敢？实际上我写成了诗式的东西借机会发表，完全是又一件事，这决不证明我是诗人，要不然诗人真的可以充汗牛之栋了！一个时代见不着一个真诗人，是常例；有一两个露面已够例外；再盼望多简直是疯想。像我个人，归根说，能够认识几个字，能懂得多少物理人情，做一个平常人还怕不够格，何况更高的？我又何尝懂得诗，兴致来时随笔写下的就能算诗吗，怕没有这样容易！我性灵里即使有些微创作的光亮，那光亮也就微细得可怜，像板缝里逸出的一线豆油灯光。痛苦就在这里；这一丝will-o-the-Wisp[①]，若隐若现地晃着，我料定是我终身不得（性灵的）安宁的原因。

我如其胆敢尝试过文艺的作品，也无非是在黑弄里弄班斧，始终是莫名其妙，完全没有理智的批准，没有可以自信的目标。你们单看

---

①磷火，鬼火。

我第一部集子的杂乱，荒伧，就可以知道我这样的供状决不是矫情。我这生转上文学的路径是极兀突的一件事；我的出发是单独的，我的旅程是寂寞的，我的前途是蒙昧的，直到最近我才发见在这道上摸索的，不止我一个；旅伴实际上尽有，只是彼此不曾有机会携手。这发见在我是一种不可言喻的快乐，欣慰。管得这道终究是通是绝，单这在患难中找得同情，已够酬劳这颠沛的辛苦。管得前途有否天晓，单这在黑暗中叫应，彼此诉说曾经的磨折已够暂时忘却肢体的疲倦。

再说具体一点，我们几个人都共同着一点信心：我们信诗是表现人类创造力的一个工具，与音乐与美术是同等同性质的；我们信我们这民族这时期的精神解放或精神革命没有一部像样的诗式的表现是不完全的；我们信我们自身灵里以及周遭空气里多的是要求投胎的思想的灵魂，我们的责任是替它们构造适当的躯壳，这就是诗文与各种美术的新格式与新音节的发见；我们信完美的形体是完美的精神唯一的表现；我们信文艺的生命是无形的灵感加上有意识的耐心与勤力的成绩；最后我们信我们的新文艺，正如我们的民族本体，是有一个伟大美丽的将来的。

上面写的似乎太近宣言式的铺张，那并不是上等的口味，但我这杆野马性的笔是没法驾驭的；我的期望是至少在我们几个人中间，我的话可以取得相当的认可。同时我也感觉一种戒惧，我第一不敢担保这诗刊有多久的生命；第二不敢担保这诗刊的内容可以满足读者们最低限度的笃责。这当然全在我们自己；这年头多的是虎头蛇尾的现象，且看我们这群人终究能避免这时髦否？

此后诗刊准每星期四印出，我们欢迎外来的投稿。

三月三十日夜深时

选自1926年4月1日《晨报副刊·诗刊》第一期

《猛虎集》序

在诗集子前面说话不是一件容易讨好的事。说得近于夸张了，自己面上说不过去，过分谦恭又似乎对不起读者。最干脆的办法是什么话也不提，好歹让诗篇它们自身去承当。但书店不肯同意；他们说如其作者不来几句序言，书店做广告就无从着笔。作者对于生意是完全外行，但他至少也知道书卖得好不仅是书店有利益，他自己的版税也跟着像样，所以书店的意思，他是不能不尊敬的。事实上我已经费了三个晚上，想写一篇可以帮助广告的序。可是不相干，一行行写下来只是仍旧给涂掉，稿纸糟蹋了不少张，诗集的序终究还是写不成。

况且写诗人一提起写诗他就不由得伤心。世界上再没有比写诗更惨的事；不但惨，而且寒伧。就说一件事，我是天生不长髭须的，但为了一些破烂的句子，就我也不知曾经捻断了多少根想象的长须！

这姑且不去说它。我记得我印第二集诗的时候曾经表示过此后不再写诗一类的话。现在如何又来了一集，虽则转眼间四个年头已经过去。就算这些诗全是这四年内写的（实在有几首要早到十三年份），每年平均也只得十首，一个月还派不到一首，况且又多是短短一橛的。诗固然不能论长短，如同Whistler说画幅是不能用田亩来丈量的。但事实是咱们这年头一口气总是透不长——诗永远是小诗，戏永远是独幕，小说永远是短篇。每回我望到莎士比亚的戏，但丁的《神曲》，歌德的《浮士德》一类作品，比方说，我就不由地感到气馁，觉得我们即使有一些声音，那声音是微细得随时可以用一个小拇指给掐死的。天呀！哪天我们才可以在创作里看到使人起敬的东西？哪天我们这些细嗓子才可以豁免混充大花脸的急涨的苦恼？

说到我自己的写诗，那是再没有更意外的事了。我查过我的家谱，从永乐以来我们家里没有写过一行可供传诵的诗句。在二十四岁以前我对于诗的兴味远不如我对于“相对论”或“民约论”的兴味。我父亲送我出洋留学是要我将来进“金融界”的，我自己最高的野心是想做一个中国的Hamilton[①]！在二十四岁以前，诗不论新旧，于我是完全没有相干。我这样一个人如果真会成功一个诗人——那还有什么话说？

但生命的把戏是不可思议的！我们都是受支配的善良的生灵，哪件事我们作得了主？整十年前我吹着了一阵奇异的风，也许照着了什么奇异的月色，从此起，我的思想就倾向于分行的抒写。一份深刻的忧郁占定了我；这忧郁，我信，竟于渐渐地潜化了我的气质。

话虽如此，我的尘俗的成分并没有甘心退让过；诗灵的稀小的翘膀，尽他们在那里腾扑，还是没有力量带了这整份的累赘往天外飞的。且不说诗化生活一类的理想那是谈何容易实现，就说平常在实际生活的压迫中偶尔挣出八行十二行的诗句都是够艰难的。尤其是最近几年，有时候自己想着了都害怕；日子悠悠地过去，内心竟可以一无消息，不透一点亮，不见丝纹的动。我常常疑心这一次是真的干了完了的。如同契玦腊的一身美是问神道通融得来限定日子要交还的，我也时常疑虑到我这些写诗的日子也是什么神道因为怜悯我的愚蠢，暂时借给我享用的非分的奢侈。我希望他们可怜一个人可怜到底！

一眨眼十年已经过去。诗虽则连续地写，自信还是薄弱到极点。“写是这样写下了”。我常自己想，“但准知道这就能算是诗吗？”就经验说，从一点意思的晃动到一篇诗的完成，这中间几乎没有一次

①汉密尔顿（1755—1804），美国联邦党领袖。独立战争时，曾任华盛顿秘书、大陆会议代表。

不经过唐僧取经似的苦难的。诗不仅是一种分娩，它并且往往是难产！这份甘苦是只有当事人自己知道。一个诗人，到了修养极高的境界，如同泰戈尔先生，比方说，也许可以一张口就有精圆的珠子吐出来，这事实上我亲眼见过来的不打谎，但像我这样既无天才又少修养的人如何说得上？

只有一个时期我的诗情真有些像是山洪暴发，不分方向地乱冲。那就是我最早写诗那半年，生命受了一种伟大力量的震撼，什么半成熟的未成熟的意念都在指顾间散作缤纷的花雨。我那时是绝无依傍，也不知顾虑。心头有什么郁积，就付托腕底胡乱给爬梳了去，救命似的迫切，哪还顾得了什么美丑。我在短时期内写了很多，但几乎全部都是见不得人面的，这是一个教训。

我的第一集诗——《志摩的诗》——是我十一年回国后两年内写的；在这集子初期的汹涌性虽已消灭，但大部分还是情感的无关阑的泛滥，什么诗的艺术或技巧都谈不到。这问题一直要到民国十五年我和一多今甫一群朋友在《晨报副镌》刊行诗刊时方才开始讨论到。一多不仅是诗人，他也是最有兴味探讨诗的理论和艺术的一个人。我想这五六年来我们几个写诗的朋友多少都受到《死水》的作者的影响。我的笔本来是最不受羁勒的一匹野马，看到了一多的谨严的作品我方才憬悟到我自己的野性；但我素性的落拓始终不容我追随一多他们在诗的理论方面下过任何细密的工夫。

我的第二集诗——《翡冷翠的一夜》——可以说是我的生活上的又一个较大的波折的留痕。我把诗稿送给一多看，他回信说："这比《志摩的诗》确乎是进步了——一个绝大的进步。"他的好话我是最愿意听的，但我在诗的"技巧"方面还是那楞生生的丝毫没有把握。

最近这几年生活不仅是极平凡，简直是到了枯窘的深处。跟着诗的产量也尽"向瘦小里耗"。要不是去年在中大认识了梦家和玮德两个年青的诗人，他们对于诗的热情在无形中又鼓动了我奄奄的诗心，第二次又印《诗刊》，我对于诗的兴味，我信，竟可以消沉到几于完全没有。今年在六个月内在上海与北京间来回奔波了八次，遭了母丧，又有别的不少烦心的事，人是疲乏极了的，但继续的行动与北京的风光却又在无意中摇活了我久蛰的性灵。抬起头居然又见到天了。眼睛睁开了心也跟着开始跳动了。嫩芽的青紫，劳苦社会的光与影，悲欢的图案，一切的动，一切的静，重复在我的眼前展开，有声色与有情感的世界重复为我存在；这仿佛是为了要挽救一个曾经有单纯信仰的流入怀疑的颓废，那在帏幕中隐藏着的神通又在那里栩栩的生动，显示它的博大与精微，要他认清方向，再别错走了路。

我希望这是我的一个真的复活的机会。说也奇怪，一方面虽则明知这些偶尔写下的诗句，尽是些"破破烂烂"的，万谈不到什么久长的生命，但在作者自己，总觉得写得成诗不是一件坏事，这至少证明一点性灵还在那里挣扎，还有它的一口气。我这次印行这第三集诗没有别的话说，我只要借此告慰我的朋友，让他们知道我还有一口气，还想在实际生活的重重压迫下透出一些声响来的。

你们不能更多的责备。我觉得我已是满头的血水，能不低头已算是好的。你们也不用提醒我这是什么日子；不用告诉我这遍地的灾荒，与现有的以及在隐伏中的更大的变乱，不用向我说正今天就有千万人在大水里和身子浸着，或是有千千万人在极度的饥饿中叫救命；也不用劝告我说几行有韵或无韵的诗句是救不活半条人命的；更不用指点我说我的思想是落伍或是我的韵脚是根据不合时宜的意识形态的……这些，还有别的很多，我知道，我全知道；你们一说到只是叫我难受又难受。我再没有别的话说，我只要你们记得有一种天教歌唱的鸟不到呕血不住口，它的歌里有它独自知道的别一个世界的愉快，也有它独自知道的悲哀与伤痛的鲜明；诗人也是一种痴鸟，他把他的柔软的心窝紧抵着蔷薇的花刺，口里不住地唱着星月的光辉与人类的希望，非到他的心血滴出来把白花染成大红他不住口。他的痛苦与快乐是浑成的一片。

选自《猛虎集》